恐《きょう》怖《ふ》コレクター

巻《かん》ノ《の》七《なな》　白《しろ》い少《しょう》年《ねん》

佐《さ》東《とう》みどり　鶴《つる》田《た》法《のり》男《お》・作
よん・絵

角川つばさ文庫

これまでのおはなし

フシギと人面犬《じんめんけん》のジミーは、都市伝説《としでんせつ》の呪《のろ》いを追《お》って町《まち》から町《まち》へと旅《たび》していた。

フシギがもっている赤《あか》い手帳《てちょう》には、これまで集《あつ》めたたくさんの呪《のろ》いのマークがある。

人物紹介《じんぶつしょうかい》

千野《せんの》フシギ

都市伝説《としでんせつ》を追《お》って町《まち》を旅《たび》する、謎《なぞ》の少年《しょうねん》。赤《あか》いフードの付《つ》いた服《ふく》を着《き》ている。

ジミー

週刊誌《しゅうかんし》の元《もと》カメラマン。人面犬《じんめんけん》としてフシギと旅《たび》をしていた。

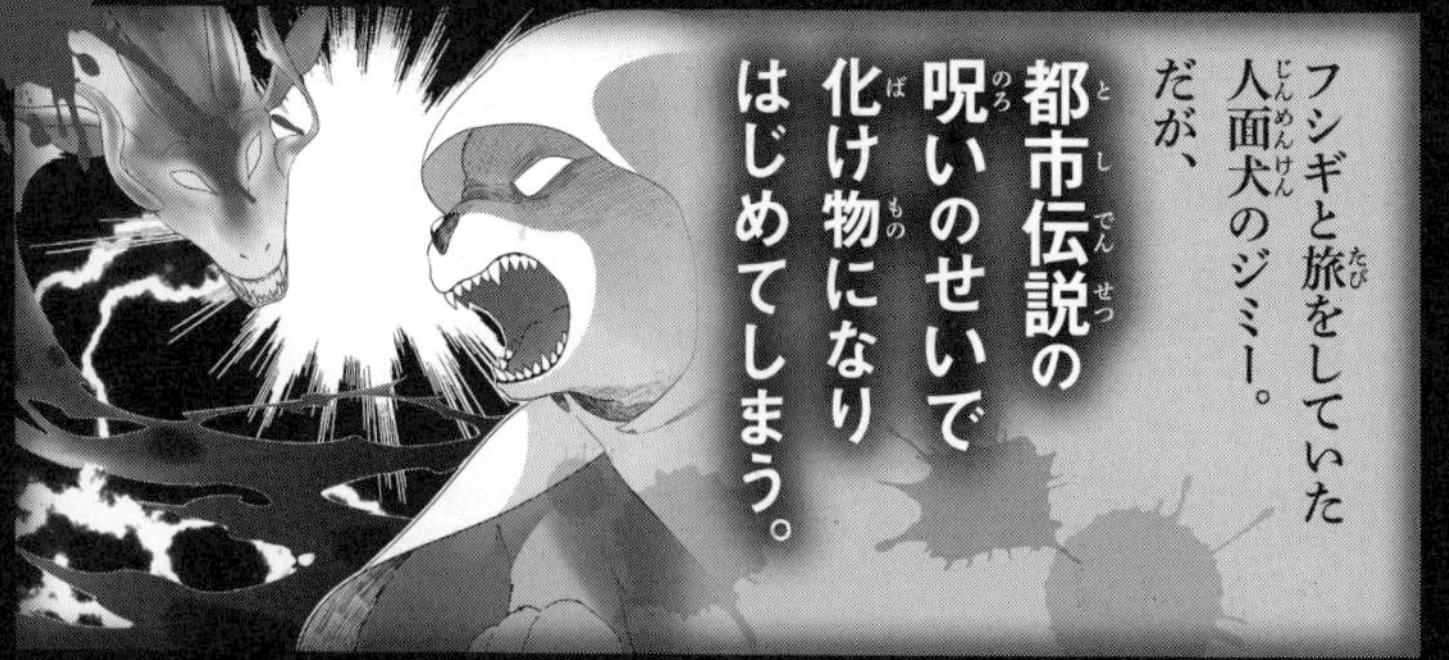

スマホの秘書機能《ひしょきのう》アプリ。都市伝説《としでんせつ》の呪《のろ》いによって、意思《いし》を持《も》つ。

ヒミツのまわりをうろつく謎《なぞ》の男《おとこ》。

フシギの双子《ふたご》の妹《いもうと》。都市伝説《としでんせつ》を具現化《ぐげんか》する力《ちから》を持《も》つ。黒《くろ》いフードの付《つ》いた服《ふく》を着《き》ている。

琴葉《ことは》

沙知子《さちこ》
ねえ、まだ起《お》きてる？
既読《きどく》 23:50

琴葉《ことは》
起《お》きてるよ。どうしたの？
23:51

沙知子《さちこ》
今日《きょう》ね、大変《たいへん》な目《め》にあったの！
既読《きどく》 23:52

琴葉《ことは》
なになに？
おサイフ落《お》としちゃったとか？
23:52

沙知子《さちこ》
違《ちが》う。案山子《かかし》に襲《おそ》われたの！
既読 23:54

琴葉《ことは》
……えーっと、笑《わら》うとこかな？
23:55

沙知子《さちこ》
ホントなんだって！
すっごく怖《こわ》かったんだから！
既読《きどく》 23:56

琴葉《ことは》
意味《いみ》がわからないんですけどー
23:57

琴葉《ことは》

23:58

沙知子《さちこ》
だよね。私《わたし》も今《いま》でも信《しん》じられないもん
既読《きどく》 23:59

沙知子《さちこ》

だけど、ある男《おとこ》の子《こ》が助《たす》けてくれたの

既読《きどく》
0:00

琴葉《ことは》

ちょっと待《ま》って、さちってば寝《ね》ぼけてるんじゃないの？

0:02

琴葉《ことは》

0:02

沙知子《さちこ》

彼《かれ》、ひとりで旅《たび》をしてるんだって。
なんだかちょっと心配《しんぱい》で……

既読《きどく》
0:03

沙知子《さちこ》

私《わたし》、今度《こんど》会《あ》いに行《い》こうと思《おも》うんだ。
もしかしたらこれって、運命《うんめい》の出会《であ》いかも！

既読《きどく》
0:04

琴葉《ことは》

会《あ》いに？　ええっ？　どういうこと!?
話《はなし》の展開《てんかい》についていけないんだけど

0:06

沙知子《さちこ》

私《わたし》……、彼《かれ》の力《ちから》になりたいの！

既読《きどく》
0:07

沙知子《さちこ》

既読《きどく》
0:07

目《もく》次《じ》

1つ目《め》の町《まち》

死《し》者《しゃ》の足《あし》

夜《よる》に新《あたら》しい靴《くつ》を履《は》いて出《で》かけると、死者《ししゃ》に命《いのち》を奪《うば》われるという。

その昔《むかし》、夜《よる》に新《あたら》しい履《は》きものを履《は》いて玄関《げんかん》から出《で》るのは死《し》んだ人《ひと》だけだったから、とか、足《あし》もとがよく見《み》えない夜《よる》に履《は》きなれない靴《くつ》を履《は》くと転《ころ》んでケガをしてあぶないから、など、理由《りゆう》についてはさまざまな言《い》い伝《つた》えがあるようだ。

(あと1キロ……、絶対《ぜったい》このままゴールしてやるんだ)
小学《しょうがく》6年生《ねんせい》の日高樹《ひだかたつき》は、町《まち》で行《おこな》われているマラソン大会《たいかい》に出場《しゅつじょう》していた。
距離《きょり》は3キロ。
2キロすぎまで1位《い》で走《はし》っていた。
樹《たつき》は学校《がっこう》の陸上《りくじょう》クラブに所属《しょぞく》していて、走《はし》ることには自信《じしん》がある。
この大会《たいかい》で、小学生《しょうがくせい》の部《ぶ》・優勝《ゆうしょう》を目指《めざ》していた。
後《うし》ろをチラリと見《み》る。
2位《い》の男《おとこ》の子《こ》とは10メートルぐらい離《はな》れている。
(よし、僕《ぼく》の優勝《ゆうしょう》で間違《まちが》いない)
樹《たつき》の顔《かお》から笑《え》みがこぼれる。
しかしそのとき、足《あし》が急《きゅう》に重《おも》くなった。
いつも以上《いじょう》に速《はや》いペースで走《はし》り続《つづ》けたせいで、疲《つか》れてしまったのだ。

（そんな。もうちょっとでゴールなのに！）

道路《どうろ》のわきには、『2.5キロ通過《つうか》』と書《か》かれた看板《かんばん》が見《み》える。肉離《にくばな》れなどではないので、頑張《がんば》ればこのまま1位《い》でゴールできるはずだ。

樹《たつき》はもう1度後《どうし》ろを見《み》る。

2位《い》の選手《せんしゅ》が先《さき》ほどより近《ちか》づいてきている。

3位《い》の選手《せんしゅ》も、さらに数人《すうにん》の選手《せんしゅ》たちも、2位《い》の選手《せんしゅ》のすぐ後《うし》ろに迫《せま》ってきている。

全員最後《ぜんいんさいご》の力《ちから》をふりしぼって、ラストスパートをかけているようだ。

樹《たつき》はそんな彼《かれ》らを見《み》て、とたんに表情《ひょうじょう》を曇《くも》らせた。

（だめだ……、みんなすごく速《はや》い。……僕《ぼく》、今回《こんかい》もダメなのかな）

樹《たつき》は走《はし》りに自信《じしん》があったが、気《き》が弱《よわ》く、肝心《かんじん》なところですぐにあきらめてしまう癖《くせ》があった。

不安《ふあん》は身体《からだ》にも伝《つた》わり、手足《てあし》が思《おも》うように動《うご》かなくなる。

スピードがだんだん落《お》ちていき、樹《たつき》の横《よこ》を2位《い》の選手《せんしゅ》が走《はし》りすぎていった。

「あっ」

樹《たつき》は一瞬《いっしゅん》、追《お》いかけようと思《おも》ったが、今度《こんど》は3位《い》の選手《せんしゅ》に抜《ぬ》かれてしまった。

その後《うし》ろから、数人《すうにん》の選手《せんしゅ》たちが固《かた》まって追《お》い越《こ》していく。

樹《たつき》はあっという間《ま》に、10位《い》ぐらいになってしまった。

それでも、まだ先頭《せんとう》の選手《せんしゅ》とそれほど距離《きょり》は離《はな》れていない。

みな、抜《ぬ》かしていくとき、苦《くる》しそうな表情《ひょうじょう》をしていた。

樹《たつき》だけが疲《つか》れているわけではない。1位《い》になるチャンスはまだありそうだ。

しかし、樹《たつき》のスピードは思《おも》うように上《あ》がらない。

(今回《こんかい》は優勝《ゆうしょう》できると思《おも》ったのに。やっぱりダメか。いっつもそうだ……)

結局《けっきょく》、樹《たつき》は15位《い》でゴールした。


「15位《い》なんてすごいわよ。じゅうぶん頑張《がんば》ったじゃない」

夜《よる》。自宅《じたく》のリビングで、樹《たつき》の母親《ははおや》が言《い》った。

「全然《ぜんぜん》すごくないよ」

ソファに座《すわ》っていた樹《たつき》は、20位《い》までがもらえる小《ちい》さなメダルを見《み》て、「こんなのいらないよ」

と、テーブルの上《うえ》に放《ほう》り投《な》げた。

「ちゃんとしたシューズを履《は》いてたら優勝《ゆうしょう》できたのに……」

樹《たつき》のランニングシューズは、近所《きんじょ》に住《す》む中学生《ちゅうがくせい》のお兄《にい》さんからもらったお下《さ》がりだ。

かなりボロボロになっている。

「おや、樹《たつき》ちゃん、あの靴《くつ》はとっても走《はし》りやすいって言《い》ってなかったかい？」

食卓《しょくたく》に座《すわ》っていた祖母《そぼ》が、樹《たつき》のほうを見《み》た。

「そう言《い》えばそうでしたよね。僕《ぼく》の相棒《あいぼう》だって言《い》ってましたものね」

母親《ははおや》の言葉《ことば》に、樹《たつき》は「それは……」と口《くち》ごもった。

「この前《まえ》まではそう思《おも》ってたけど、今《いま》は違《ちが》うんだ。あのシューズじゃ、来月《らいげつ》の大会《たいかい》で10位以内《いいない》に入《はい》ることなんかできないよ」

来月《らいげつ》、市《し》が主催《しゅさい》する大《おお》きなマラソン大会《たいかい》がある。

樹《たつき》はそこで入賞《にゅうしょう》したいと思《おも》っていた。

そのため、小《ちい》さな大会《たいかい》で1位《い》になって自信《じしん》をつけたかったのだ。

(それなのに……)

樹《たつき》は、負《ま》けたのはシューズのせいだと思《おも》いたかった。

「ただいま」

父親《ちちおや》が帰《かえ》ってきた。

手《て》に大《おお》きな袋《ふくろ》を持《も》っている。

「樹《たつき》、お前《まえ》にプレゼントだ」

「えっ？」

差《さ》し出《だ》された袋《ふくろ》の中《なか》には、箱《はこ》がある。

「これって……」

樹《たつき》が箱《はこ》を開《あ》けると、真《ま》っ白《しろ》なランニングシューズが入《はい》っていた。

「ちょっと早《はや》いけど誕生日祝《たんじょうびいわ》いだ。お前《まえ》のシューズ、ボロボロだっただろ？」

「すごい！」

シューズは、駅前《えきまえ》のスポーツ用品店《ようひんてん》の店頭《てんとう》に飾《かざ》られていた最新《さいしん》モデルと同《おな》じものだ。

樹《たつき》は店《みせ》の前《まえ》を通《とお》るたびに、このシューズが欲《ほ》しいと思《おも》っていた。

「だけどどうして急《きゅう》に？　誕生日《たんじょうび》までまだ１ケ月《かげつ》もあるよ」

「母《かあ》さんから電話《でんわ》で、お前《まえ》が今日《きょう》の大会《たいかい》で15位《い》だったたって聞《き》いてな。悔《くや》しがってるんじゃないかって思《おも》ったんだ」

「すごく悔《くや》しい！」

「そうだろう。だから、来月《らいげつ》の大会《たいかい》に向《む》けて、新《あたら》しいシューズを足《あし》に慣《な》らしておかないと。１ケ《か》月《げつ》も履《は》けば、新《あたら》しい相棒《あいぼう》になるだろ？」

「うん、なる！　さすが、お父《とう》さん！　僕《ぼく》の気持《きも》ち分《わ》かってくれてるね！」

父親《ちちおや》も子供《こども》の頃《ころ》、マラソンが得意《とくい》だったそうだ。だから、樹《たつき》が勝負《しょうぶ》に負《ま》けて悔《くや》しいことを理解《りかい》してくれているのだ。

「そうだ！」

樹《たつき》はシューズにひもを通《とお》し終《お》わると、あることを思《おも》いついた。

(今《いま》から、ちょっとジョギングしてみようかな)

足《あし》の疲《つか》れも取《と》れている。

樹《たつき》はジャージに着替《きが》えることにした。

「あら、どうしたの？」

「ちょっとジョギングしてくるよ」

「ジョギングって、もう7時半《じはん》よ」

樹《たつき》はいつも夕方《ゆうがた》にジョギングをしていた。今日《きょう》はマラソン大会《たいかい》があったのでジョギングをするつもりはなかったが、新《あたら》しいシューズを見《み》ていたら無性《むしょう》に走《はし》りたくなってきたのだ。

「暗《くら》くて危《あぶ》ないわよ」

「大丈夫《だいじょうぶ》。いつも走《はし》ってるコースだから」

樹《たつき》はジャージに着替《きが》え終《お》わると、シューズを履《は》いてみることにした。

「ちょっと、家《いえ》の中《なか》で履《は》かないで」

「いいでしょう。買《か》ったばかりなんだから汚《よご》れてないし」

樹《たつき》はシューズのひもを結《むす》ぼうとした。


「樹《たつき》ちゃん、だめよ!」

突然《とつぜん》、祖母《そぼ》が声《こえ》をあげた。

「こんな時間《じかん》に、おろしたての靴《くつ》を履《は》いちゃだめ!」

「おろしたて？」

「新《あたら》しい靴《くつ》のことよ」

祖母《そぼ》はシューズを見《み》ながら、表情《ひょうじょう》をこわばらせた。


「夜《よる》、新《あたら》しい靴《くつ》を家《いえ》の中《なか》で履《は》いて、そのまま外《そと》に出《で》ると、死《し》んでしまうんだよ」


「えっ」

冗談《じょうだん》かと思《おも》ったが、祖母《そぼ》は樹《たつき》の顔《かお》をじっと見《み》ている。

「おばあちゃん、何言《なにい》ってるの？」

「夜《よる》、新《あたら》しい靴《くつ》を履《は》いて外《そと》に出《で》るのは死者《ししゃ》だけなんだ。だから、生《い》きている人間《にんげん》が夜《よる》に新《あたら》しい靴《くつ》を履《は》いて外《そと》に出《で》ると、死者《ししゃ》に捕《つか》まって殺《ころ》されてしまうって昔《むかし》から言《い》われてるのよ」

「死者《ししゃ》に捕《つか》まる……？」

そんな話《はなし》、初《はじ》めて聞《き》いた。

すると、父親《ちちおや》が笑《わら》った。

「ばあちゃん。それってただの迷信《めいしん》だろ？　子供《こども》の頃《ころ》、俺《おれ》にも同《おな》じこと言《い》ってたよな」

「なんだ、ウソなんだね」

樹《たつき》は本当《ほんとう》かと思《おも》ってゾッとしたが、冷静《れいせい》に考《かんが》えれば、そんなことあるはずがない。

「迷信《めいしん》なんかじゃないよ。私《わたし》が小《ちい》さかったとき、知《し》り合《あ》いの知《し》り合《あ》いが死者《ししゃ》に殺《ころ》されて」

「はいはい。知《し》り合《あ》いの知《し》り合《あ》いって実《じつ》は存在《そんざい》してなかったりするんだよな。樹《たつき》、夜道《よみち》は暗《くら》くて危《あぶ》ないから、車《くるま》に気《き》をつけるんだぞ」

「夕《ゆう》ご飯《はん》もうできるから、早《はや》めに帰《かえ》ってくるのよ」

母親《ははおや》も信《しん》じていないようだ。

樹《たつき》は不安《ふあん》がる祖母《そぼ》に笑顔《えがお》を向《む》けた。

「大丈夫《だいじょうぶ》だって。死《し》んだ人《ひと》に捕《つか》まりそうになったら、走《はし》って逃《に》げるから！」

樹《たつき》は新《あたら》しいシューズのひもを結《むす》ぶと、玄関《げんかん》まで行《い》き、そのまま外《そと》へ出《で》た。


（おばあちゃんって、変《へん》なところで心配性《しんぱいしょう》なんだよなあ）

樹《たつき》は夜道《よみち》を走《はし》りながら、祖母《そぼ》の言《い》ったことを思《おも》い出《だ》していた。

(死者《ししゃ》に捕《つか》まって殺《ころ》されるなんて、どう考《かんが》えたっておかしな話《はなし》だよね)

おそらく、子供《こども》が夜《よる》、外《そと》に出《で》ないようにするために、親《おや》が考《かんが》えた作《つく》り話《ばなし》なのだろう。

(そんなことより、今《いま》はジョギングに集中《しゅうちゅう》しなくちゃ)

樹《たつき》は走《はし》りながらシューズを見《み》た。

軽《かる》く、履《は》き心地《ごこち》もいい。

(やっぱり思《おも》っていた通《とお》り、最高《さいこう》のシューズだね。今日《きょう》の大会《たいかい》もこれで走《はし》っていたら1位《い》になれたのに)

樹《たつき》は、町内《ちょうない》を一周《いっしゅう》してみようと思《おも》った。

ペタ　ペタ　ペタ

後《うし》ろから、奇妙《きみょう》な音《おと》が聞《き》こえた。

ペタ　ペタ　ペタ

また、音《おと》がする。

「なんだろう？」

樹《たつき》は立《た》ち止《ど》まると、後《うし》ろを見《み》た。

道路《どうろ》は暗《くら》く、よく見《み》えない。

……誰《だれ》もいないようだ。

「気《き》のせいだったのかな？」

樹《たつき》は前《まえ》を向《む》くと、再《ふたた》び走《はし》りはじめた。

ペタ　ペタ　ペタ

後《うし》ろから、同《おな》じ音《おと》が聞《き》こえた。

「なんだ？」

樹《たつき》は走《はし》りながら後《うし》ろを見《み》るが、暗《くら》くてよく分《わ》からない。

しかしなんだか不気味《ぶきみ》だ。

樹《たつき》は走《はし》るスピードをあげた。

すると――、

ペタペタペタペタペタペタ

とたんに、後《うし》ろから聞《き》こえる音《おと》も速《はや》くなった。
(誰《だれ》かが追《お》いかけてきてる！)
裸足《はだし》で地面《じめん》を走《はし》っている足音《あしおと》だ。
(裸足《はだし》で？　そんなわけないよね!?)
樹《たつき》は首《くび》をかしげながら、もう1度《ど》後《うし》ろを見《み》た。

「えっ――」

10メートルほど後《うし》ろに、真《ま》っ白《しろ》な足《あし》が見《み》える。
裸足《はだし》だ。
裸足《はだし》の足《あし》が、樹《たつき》のほうに向《む》かって走《はし》ってきていた。

その足《あし》には、すねから上《うえ》の部分《ぶぶん》がない。

「うわあああ！」

樹《たつき》はあわててその場《ば》から逃《に》げ出《だ》した。

（なんなの？　どうして足《あし》だけなの？）

道路《どうろ》の角《かど》を曲《ま》がり、全力《ぜんりょく》で走《はし》りながら、樹《たつき》は考《かんが》える。

暗《くら》くて身体《からだ》が見《み》えなかっただけだろうか？

（誰《だれ》か助《たす》けて！）

しかし、道路《どうろ》には人《ひと》の姿《すがた》がまったくない。

そのとき、路上《ろじょう》に1台《だい》の車《くるま》が停《と》まっているのが見《み》えた。

（そうだ、あそこなら！）

樹《たつき》は駆《か》け寄《よ》ると、車《くるま》と家《いえ》のブロック塀《べい》の隙間《すきま》に身体《からだ》を入《い》れた。

（ここなら見《み》つからないはずだ！）

息《いき》を殺《ころ》して、身《み》をひそめる。

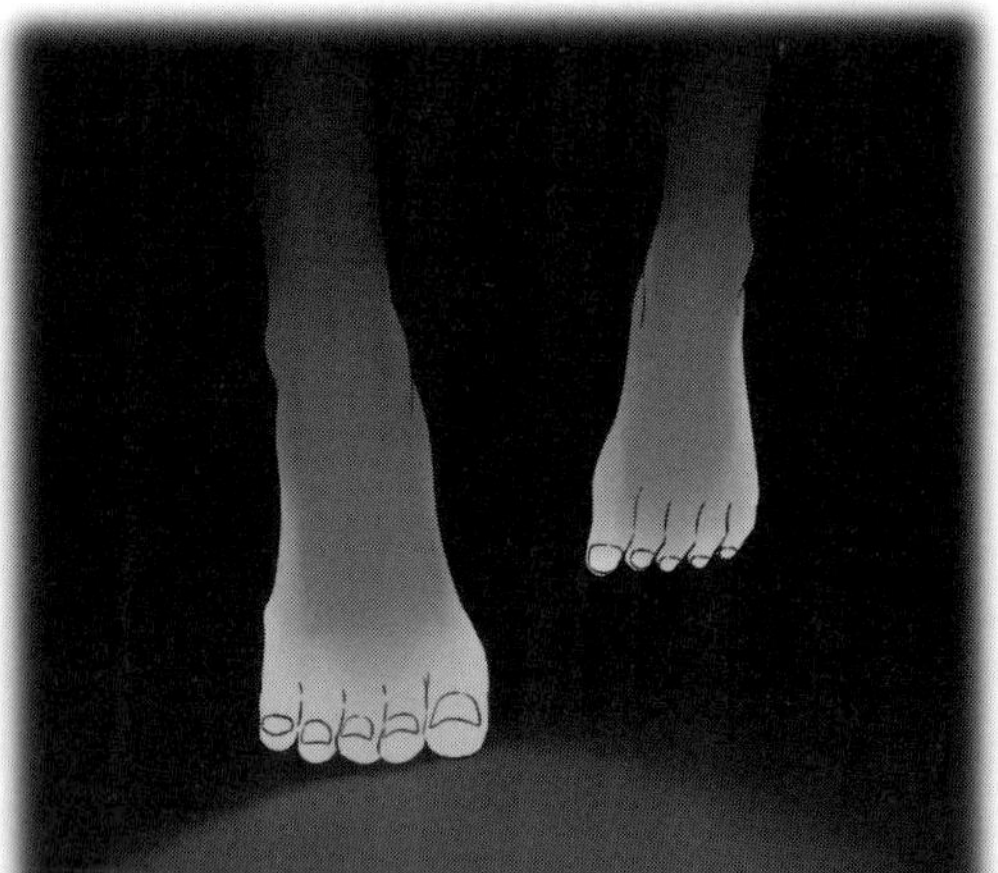

ペタ　ペタ　ペタ

道路《どうろ》の角《かど》のほうから足音《あしおと》が聞《き》こえてきた。
樹《たつき》は足音《あしおと》のするほうを見《み》てみる。
（あぁ、そんな……）
身体《からだ》のない裸足《はだし》の足《あし》。
やはり、見間違《みまちが》いなどではなかった。
樹《たつき》のことを探《さが》して、ゆっくり歩《ある》いているようだ。
（どうしよう！　こわいよ！）
樹《たつき》は身体《からだ》を震《ふる》わせながら目《め》をつぶると、足《あし》が去《さ》って行《い》くのをただ祈《いの》った。

ペタ　ペタ　ペタ……、ペタ　ペタ　ペタ……

足音《あしおと》が少《すこ》しずつ小《ちい》さくなっていく。
やがて、まったく聞《き》こえなくなった。

（いなくなったの、かな……？）

辺《あた》りはしんと静《しず》まり返《かえ》っている。

樹《たつき》は目《め》を開《あ》けると、おそるおそる首《くび》を伸《の》ばし、道路《どうろ》を見《み》てみた。

足《あし》は、どこにもいない。

目《め》を凝《こ》らして遠《とお》くのほうを見《み》てみるが、やはりいなかった。

（よかった～。見《み》つからずにすんだんだ）

樹《たつき》はホッとして、車《くるま》と塀《へい》の隙間《すきま》から出《で》た。


ドンッ！


突然《とつぜん》、車《くるま》から音《おと》が響《ひび》いた。

樹《たつき》は車《くるま》のほうを見《み》る。

車体《しゃたい》の上《うえ》に、両足《りょうあし》が立《た》っていた。

「**うわあああ！**」

樹《たつき》はあわてて走《はし》り出《だ》した。

足《あし》も追《お》いかけてくる。

（こないで！　こないで！　助《たす》けて!!）

樹《たつき》は必死《ひっし》に走《はし》りながら、周《まわ》りを見《み》る。

だが、先《さき》ほどと同《おな》じく助《たす》けてくれそうな人《ひと》の姿《すがた》はまったくない。

（そんな！　もうだめだ、捕《つか》まっちゃうよ！）

樹《たつき》は弱気《よわき》になり、あきらめて走《はし》るのをやめようとした。

瞬間《しゅんかん》、道路《どうろ》の角《かど》を曲《ま》がると同時《どうじ》に、誰《だれ》かが樹《たつき》の腕《うで》を掴《つか》んだ。

そのまま、家《いえ》と家《いえ》の間《あいだ》にある細《ほそ》い砂利道《じゃりみち》に引《ひ》きこまれる。

「やめて！」

「しっ。声《こえ》を出《だ》すな」

見《み》ると、樹《たつき》の腕《うで》を掴《つか》んでいたのは、赤《あか》いフードを被《かぶ》った少年《しょうねん》だった。

「この砂利道《じゃりみち》を抜《ぬ》ければ、道路《どうろ》の反対側《はんたいがわ》に出《で》られまス」

少年《しょうねん》のパーカーのポケットの中《なか》から、人工的《じんこうてき》な声《こえ》がした。

「あの足《あし》に捕《つか》まりたくなかったら、ついてくるんだ」

少年《しょうねん》はそう言《い》って、道路《どうろ》の反対側《はんたいがわ》に向《む》かって砂利道《じゃりみち》を走《はし》る。

「待《ま》って、どこに行《い》くの？」
樹《たつき》は少年《しょうねん》が誰《だれ》なのか分《わ》からなかったが、助《たす》かりたい一心《いっしん》で後《あと》を追《お》いかけた。

「はあはあはあ、ちょ、ちょっと待《ま》って。もう走《はし》れないよ」

樹《たつき》は少年《しょうねん》の後《あと》を追《お》って、走《はし》り続《つづ》けていた。

しかし、さすがに疲《つか》れた。そろそろ休《やす》みたい。

「止《と》まったら、追《お》いつかれる」

「そんなこと言《い》ったって……」

今日《きょう》はマラソン大会《たいかい》で3キロも走《はし》った。

夜《よる》にもこんなに全力《ぜんりょく》で走《はし》り続《つづ》けるなど思《おも》っていなかった。

「靴《くつ》ずれもしてきたし、ここまで逃《に》げたらもう大丈夫《だいじょうぶ》だよ」

樹《たつき》は額《ひたい》の汗《あせ》をぬぐいながら、その場《ば》に立《た》ち止《ど》まると、少年《しょうねん》のほうを見《み》た。

「ねえ、ところで君《きみ》は誰《だれ》なの？」

少年《しょうねん》はあの足《あし》のことを知《し》っているようだ。


「**僕《ぼく》はある都市伝説《としでんせつ》を追《お》っている**」


「それってもしかして、あの足《あし》のこと？」

「あれは、違《ちが》う都市伝説《としでんせつ》でス」

少年《しょうねん》の着《き》ているパーカーのポケットから、バイブを震《ふる》わせながらスマホが出《で》てくる。

画面《がめん》に、ピンクのネコのキャラクターが映《うつ》っていた。

「そのネコ知《し》ってる。MOMO《モモ》……、だよね？」

たしか、最近《さいきん》流行《はや》っているスマホの秘書《ひしょ》機能《きのう》アプリだ。

だけど、メガネなどかけていただろうか。

「ワタシを、ほかのネコと一緒《いっしょ》にしないでくださイ。なぜなら、ワタシは特別《とくべつ》なキャラだからラ」

MOMO《モモ》は前脚《まえあし》でメガネをクイッとあげた。

「そ、そんなことより、あの足《あし》は何《なに》？　どうして追《お》いかけてくるの!?」

樹《たつき》が困惑《こんわく》していると、少年《しょうねん》は樹《たつき》の足《あし》もとをじっと見《み》つめた。

「やはりそうか。キミは夜《よる》なのに、新《あたら》しい靴《くつ》を履《は》いてしまったんだね」


「このままここで立《た》ち止《ど》まっていたら、キミは『死者《ししゃ》の足《あし》』に捕《つか》まって死《し》ぬことになる」


「死《し》ぬ？」

「夜《よる》に、家《いえ》の中《なか》で新《あたら》しい靴《くつ》を履《は》いてそのまま外《そと》に出《で》るのは、死者《ししゃ》だけだ」

「アナタのことを、あの足《あし》は、死者《ししゃ》の仲間《なかま》だと思《おも》っていまス。追《お》いつかれて、生《い》きている人間《にんげん》だとバレたら、殺《ころ》されてしまうのでス」

「そんな……」

祖母《そぼ》が言《い》っていたことと同《おな》じだ。

「ただの迷信《めいしん》だと思《おも》ってたのに……」

「迷信《めいしん》の中《なか》には、本物《ほんもの》の都市伝説《としでんせつ》がひそんでいる。不幸《ふこう》にならないように、人々《ひとびと》が言《い》い伝《つた》えているんだ」


少年《しょうねん》は走《はし》ってきた道路《どうろ》のほうを見《み》た。

「呪《のろ》いを回収《かいしゅう》するつもりだったけど、無駄足《むだあし》だったようだ」

呪《のろ》い？　回収《かいしゅう》？

樹《たつき》は少年《しょうねん》が何《なに》を言《い》っているのかまったく分《わ》からなかった。

ピンポーン。

スマホから音《おと》がした。

「死者《ししゃ》の足《あし》が、すぐ近《ちか》くまで、迫《せま》ってきていまス」

人工的《じんこうてき》な声《こえ》が響《ひび》く。

「そんな！　ねえ、どうすればいいの？」

「それは自分《じぶん》で考《かんが》えてくださイ。ワタシたちは、もう帰《かえ》りましょウ」

「ちょっと待《ま》ってよ！」

樹《たつき》は少年《しょうねん》にしがみつく。

少年《しょうねん》はその手《て》をつかむと、樹《たつき》を見《み》つめた。

「捕《つか》まりたくなければ、家《いえ》まで逃《に》げ切《き》るんだ」

そう言《い》って、つかんだ樹《たつき》の手《て》をふりほどいた。

「家《いえ》まで帰《かえ》れば、死者《ししゃ》の足《あし》は、アナタを捕《つか》まえるのをあきらめまス。もう、狙《ねら》われることはありませン」

樹《たつき》は前方《ぜんぽう》を見《み》る。

ここから家《いえ》まではかなりの距離《きょり》がある。

「走《はし》れるかな……」

不安《ふあん》になる。しかしこのままここにいたら捕《つか》まってしまう。

「死《し》にたくなかったら走《はし》るんだ」

「でも」

「あきらめなければ、きっと助《たす》かる」

赤《あか》いフードを被《かぶ》った少年《しょうねん》は真剣《しんけん》な表情《ひょうじょう》で樹《たつき》を見《み》つめていた。

「あきらめなければ……。わ、分《わ》かった」

樹《たつき》は決心《けっしん》し、走《はし》り出《だ》した。


大《おお》きな交差点《こうさてん》を越《こ》え、陸橋《りっきょう》を渡《わた》り、樹《たつき》は走《はし》り続《つづ》ける。

(捕《つか》まったら殺《ころ》される……、捕《つか》まったら殺《ころ》される……)

心《こころ》の中《なか》で何度《なんど》も言《い》い続《つづ》けながら走《はし》る。

やがて、住宅地《じゅうたくち》の路地《ろじ》に入《はい》った。

家《いえ》まではあと1キロぐらいだろう。

足《あし》が痛《いた》い。息《いき》も荒《あら》くなっている。

走《はし》るスピードがだんだん遅《おそ》くなっているのが自分《じぶん》でも分《わ》かる。

ペタ　ペタ　ペタ

後《うし》ろから足音《あしおと》が聞《き》こえる。

樹《たつき》は走《はし》りながらチラリとふり返《かえ》る。

「ああ！」

10メートルほど後《うし》ろに、死者《ししゃ》の足《あし》が見《み》えた。

「くそっ！」

樹《たつき》は力《ちから》をふりしぼり、全力《ぜんりょく》で走《はし》った。

そんな樹《たつき》のスピードに合《あ》わせ、死者《ししゃ》の足《あし》もスピードを上《あ》げて追《お》ってくる。

ペタペタペタペタペタペタ

（捕《つか》まりたくない！　絶対《ぜったい》に嫌《いや》だ！）

家《いえ》まであと500メートル。

樹《たつき》は必死《ひっし》に走《はし》る。

しかし、足音《あしおと》がだんだん近《ちか》づいてくるのを感《かん》じる。

(そんな……)

樹《たつき》は走《はし》り続《つづ》けるが、弱気《よわき》になっていく。

(このままじゃ、僕《ぼく》……、そんな、そんな)

息《いき》が乱《みだ》れる。

身体《からだ》がふらつく。

樹《たつき》はすべてをあきらめて、その場《ば》に立《た》ち止《ど》まってしまった。

(新《あたら》しいシューズのせいだ。お父《とう》さんがこんなシューズを買《か》ってきたから……)

そのとき、樹《たつき》はハッとする。

(新《あたら》しいシューズ⁉ そうだ! これを履《は》いてるから、僕《ぼく》はあの足《あし》に狙《ねら》われてるんだ!)

夜《よる》、新《あたら》しい靴《くつ》を履《は》いて外《そと》に出《で》るのは死者《ししゃ》だけである。

死者《ししゃ》だと思《おも》われないためには、この靴《くつ》を脱《ぬ》げばいいのだ。

樹《たつき》は角《かど》を曲《ま》がると、急《いそ》いでシューズを脱《ぬ》ぎ、遠《とお》くに投《な》げ捨《す》てた。

すると、足音《あしおと》が聞《き》こえなくなった。

樹《たつき》は息《いき》を殺《ころ》して、角《かど》のほうを見《み》る。

1分《ぷん》、2分経《ふんた》っても、足音《あしおと》は聞《き》こえない。

樹《たつき》はおそるおそる角《かど》に近《ちか》づき、今《いま》まで走《はし》ってきた道路《どうろ》のほうを見《み》る。

死者《ししゃ》の足《あし》が消《き》えている。

思《おも》ったとおりだ。

新《あたら》しいシューズを脱《ぬ》げば、捕《つか》まらなくてすむのだ。

「やった！　助《たす》かった！」

樹《たつき》はどうして赤《あか》いフードを被《かぶ》った少年《しょうねん》がこの方法《ほうほう》を教《おし》えてくれなかったのか、無性《むしょう》に腹《はら》が立《た》った。

「だけどまあいいや。助《たす》かったんだもん」

樹《たつき》はホッとして、投《な》げ捨《す》てたシューズのほうを見《み》た。

「えっ？」

シューズの前《まえ》に誰《だれ》か立《た》っている。
樹《たつき》は視線《しせん》を上《うえ》へ向《む》けた。
しかしそれよりも早《はや》く、シューズの前《まえ》に立《た》っていた足《あし》が、樹《たつき》に向《む》かってきた。

ペタ　ペタ　ペタ　ペタ　ペタ　ペタ　ペタ　ペタ

しばらくして。
赤《あか》いフードを被《かぶ》った少年《しょうねん》が、その場所《ばしょ》にやってきた。
フシギだ。
道路《どうろ》に新《あたら》しいシューズがきれいに並《なら》べられている。
真《ま》っ白《しろ》だったはずのランニングシューズは、赤《あか》く染《そ》まっていた。
「せっかく、フシギサンが助《たす》かる方法《ほうほう》を教《おし》えたというのに、無駄《むだ》だったようですネ」
フシギは、道路《どうろ》の先《さき》をじっと見《み》つめる。

ペタ　ペタ　ペタ。

真《ま》っ白《しろ》な足《あし》が歩《ある》いている。

ペタ　ペタ　ペタ。

その後《うし》ろを、違《ちが》う足《あし》が歩《ある》いている。

足《あし》は血《ち》に染《そ》まっていた。

ペタ　ペタ　ペタ、ペタ　ペタ　ペタ……。

その足《あし》たちは、消《き》えていった。

「あの死者《ししゃ》の足《あし》も、もともとは、青《あお》い傘《かさ》の男《おとこ》が、ヒミツサンの力《ちから》を利用《りよう》して生《う》み出《だ》したのですネ」

MOMO《モモ》の言葉《ことば》に、フシギの表情《ひょうじょう》が一瞬《いっしゅん》険《けわ》しくなる。

「ところで、ヒミツサンのあの話《はなし》は、本当《ほんとう》なのでしょう力?」

先日《せんじつ》、フシギはヒミツに遭遇《そうぐう》した。

彼女《かのじょ》には、目《め》と鼻《はな》と口《くち》があった。

「お兄《にい》ちゃんに、とっておきの秘密《ひみつ》を教《おし》えてあげるわ」

ヒミツはそう言《い》うと、クスクスと笑《わら》った――。


フシギはM《モ》O M《モ》Oのほうに視線《しせん》を向《む》けた。

「キミには関係《かんけい》ないことだ」

「どうしてですカ？　ワタシは、相棒《あいぼう》ですヨ」

「相棒《あいぼう》……？」

フシギの眉間《みけん》に皺《しわ》が寄《よ》る。

「僕《ぼく》はキミを信用《しんよう》していない」

「だったらなぜ、呪《のろ》いのマークを、回収《かいしゅう》しないんですカ？」

「それは、ヒミツのあの話《はなし》が本当《ほんとう》なのかどうか分《わ》からないからだ」

フシギはそう言《い》いながら、こぶしを強《つよ》くにぎりしめた。

「ヒミツは何《なに》があっても助《たす》ける。ヒミツを助《たす》けられるのは、僕《ぼく》しかいない。僕《ぼく》は、青《あお》い傘《かさ》の男《おとこ》を絶対《ぜったい》に許《ゆる》さない――」

フシギはまっすぐ前《まえ》を見《み》つめると、ゆっくりと歩《ある》き始《はじ》めた。

2つ目《め》の町《まち》

残《ざん》虐《ぎゃく》ピエロ

サーカスやお祭《まつ》りなどで目《め》にするピエロ。普段《ふだん》はみんなを楽《たの》しませてくれるが、時《とき》には注意《ちゅうい》が必要《ひつよう》だ。学校《がっこう》からの帰《かえ》り道《みち》に突然《とつぜん》現《あらわ》れて、子供《こども》たちに悪《わる》さをするピエロがいるという。海外《かいがい》で情報《じょうほう》が相次《あいつ》ぎ、人々《ひとびと》を恐怖《きょうふ》におとしいれたそうだ。

「どうして俺《おれ》たちが狙《ねら》われたんだ⁉」

ひとりの青年《せいねん》が、目《め》の前《まえ》の赤《あか》いフードを被《かぶ》った少年《しょうねん》に言《い》った。

少年《しょうねん》はフシギだ。

フシギの手《て》にはスマホがにぎられていて、画面《がめん》にはMOMO《モモ》が映《うつ》っている。

「どうやらこの町《まち》には、もういないようですネ」

MOMO《モモ》の言葉《ことば》に、フシギは「遅《おそ》かったか」と答《こた》えた。

「なあ、君《きみ》はあいつのことを知《し》ってるのか？」

「会《あ》ったことはない。だけど存在《そんざい》は知《し》っている」

「なぜ俺《おれ》たちを襲《おそ》ってきたんだ？　俺《おれ》たちが何《なに》か悪《わる》いことでもしたのか？」

青年《せいねん》は襲《おそ》われた理由《りゆう》が知《し》りたいようだ。

「なぜ？」

フシギは青年《せいねん》のほうを見《み》た。

「キミたちは何《なに》も悪《わる》くない。ただあいつに出会《であ》ってしまった。それだけだ」

「そんなのってありかよ。何《なに》もしてないのにこんな――」

青年《せいねん》は自分《じぶん》の身体《からだ》を見《み》た。

全身《ぜんしん》に包帯《ほうたい》が巻《ま》かれ、ベッドの上《うえ》でまったく動《うご》けなくなっている。

大怪我《おおけが》を負《お》って、入院《にゅういん》しているのだ。

「あれはとても凶暴《きょうぼう》な存在《そんざい》でス。そして何《なに》より、人《ひと》が苦《くる》しむ姿《すがた》を見《み》るのがすごく好《す》きなのでス」

淡々《たんたん》としたMOMO《モモ》の言葉《ことば》に、青年《せいねん》は苛立《いらだ》ったような表情《ひょうじょう》を浮《う》かべる。

「たしかに、あいつは笑《わら》ってた。俺《おれ》たちの身体《からだ》じゅうの骨《ほね》が折《お》れるのを見《み》て嬉《うれ》しそうに……」

青年《せいねん》は動《うご》けなくなった身体《からだ》を震《ふる》わせ、涙《なみだ》を流《なが》した。


フシギは病室《びょうしつ》から出《で》て、廊下《ろうか》を歩《ある》いた。

「あれはおそらく、まだ近《ちか》くの町《まち》にいるはずでス」

MOMO《モモ》はスマホの画面《がめん》にこの辺《あた》りの地図《ちず》を表示《ひょうじ》させる。

「しかしあれを回収《かいしゅう》するのは、簡単《かんたん》なことではありませン。ワタシが、チカラに、なりますヨ」

「必要《ひつよう》ない」

「そうですカ。こういうとき、ジミーサンがいてくれれば、よかったですネ」

ジミーはフシギの相棒《あいぼう》だった人面犬《じんめんけん》である。だが、都市伝説《としでんせつ》の呪《のろ》いによって、本物《ほんもの》の怪物《かいぶつ》になりそうになった。そのため、フシギが呪《のろ》いのマークを回収《かいしゅう》して、元《もと》の人間《にんげん》に戻《もど》したのだ。

「M《モ》OM《モ》O――」

フシギはスマホの画面《がめん》をにらんだ。

「キミはただ情報《じょうほう》を言《い》えばいい。僕《ぼく》はキミを信用《しんよう》していない」

ジミーは相棒《あいぼう》だった。しかしM《モ》OM《モ》Oは違《ちが》う。

フシギはスマホをポケットの中《なか》にしまうと、病院《びょういん》をあとにした。


「ねえねえ、隣町《となりまち》で起《お》きた事件《じけん》のこと知《し》ってる？」

夕方《ゆうがた》。中学《ちゅうがく》1年生《ねんせい》の一色弥生《いっしきやよい》は、いつものように同《おな》じ吹奏楽部《すいそうがくぶ》の桜田《さくらだ》かのんと水原翼《みずはらつばさ》と、部活《ぶかつ》帰《がえ》りに近《ちか》くの公園《こうえん》のベンチでおしゃべりをしていた。

かのんの話《はなし》に、弥生《やよい》は「何《なに》それ？」と首《くび》をかしげる。

その横《よこ》で翼《つばさ》が「私《わたし》、知《し》ってるよ」と答《こた》えた。

「大学生《だいがくせい》の人《ひと》たちが、怪我《けが》をした事件《じけん》でしょ？」

「そう、それ！」

かのんと翼《つばさ》は「あれ、怖《こわ》いよね」と言《い》った。

「ちょっと、ふたりだけで盛《も》り上《あ》がらないでよ」

かのんと翼《つばさ》は噂話《うわさばなし》が好《す》きで、学校《がっこう》のことから町《まち》のことまで、いろいろなことを知《し》っている。

弥生《やよい》はそういう話《はなし》にあまり興味《きょうみ》がなく、時々《ときどき》ふたりの話題《わだい》についていけなかった。

「ほんとなのかどうか分《わ》からないんだけどね……」

かのんは、その事件《じけん》について話《はな》し始《はじ》めた。

「お兄《にい》ちゃんが塾《じゅく》で隣町《となりまち》の子《こ》から聞《き》いたの。1週間《しゅうかん》くらい前《まえ》に、隣町《となりまち》に住《す》んでた大学生《だいがくせい》が3人《にん》、大怪我《おおけが》をしたんだって」

「その怪我《けが》の仕方《しかた》がヘンだったんだよね」

翼《つばさ》が話《はなし》を続《つづ》ける。

「私《わたし》は、お母《かあ》さんが隣町《となりまち》のスーパーで働《はたら》いてて、それで知《し》ったの。その3人《にん》の大学生《だいがくせい》、全身《ぜんしん》の骨《ほね》が13ケ所《かしょ》も折《お》れてたんだって。しかも3人《にん》とも、全部同《ぜんぶおな》じ場所《ばしょ》が折《お》れてたらしいよ」

「えっ？」

弥生《やよい》はどうして同《おな》じ場所《ばしょ》が折《お》れるのか理解《りかい》できなかった。

「交通事故《こうつうじこ》……ってわけじゃないよね？」

かのんと翼《つばさ》は同時《どうじ》に弥生《やよい》をじっと見《み》た。

「誰《だれ》かに襲《おそ》われたんだって」

「犯人《はんにん》が３人《にん》の骨《ほね》をそれぞれ13ヶ所《かしょ》も折《お》ったらしいよ」

「そんな……」

弥生《やよい》は想像《そうぞう》しただけでゾッとした。

「だけど、そんな事件聞《じけんき》いたことないよ？」

ニュースなら毎日《まいにち》テレビで見《み》ている。

そんな奇妙《きみょう》な事件《じけん》なら、ニュースになっているはずだ。

すると、かのんが「ニュースになってることがすべてじゃないよ」と言《い》った。

「世《よ》の中《なか》には、ニュースにならない怖《こわ》い事件《じけん》や事故《じこ》がいっぱい存在《そんざい》してるんだよ」

かのんの言葉《ことば》に、翼《つばさ》も大《おお》きくうなずいた。

「あ〜あ、また言《い》ってる――」

ベンチの後《うし》ろから、ひとりの男《おとこ》の子《こ》が身《み》をのりだした。

同《おな》じ吹奏楽部《すいそうがくぶ》に所属《しょぞく》している草野真人《くさのまさと》だ。

「ちょっと、草野《くさの》。なんか文句《もんく》あるの？」

「桜田《さくらだ》。お前《まえ》ら、一色《いっしき》を怖《こわ》がらせて楽《たの》しんでるんだろ？」

真人《まさと》はため息《いき》を吐《つ》きながら、弥生《やよい》のほうを見《み》た。

「一色《いっしき》、こいつらの話《はなし》信《しん》じなくていいからな。どうせいつもの嘘話《うそばなし》だって」

真人《まさと》は、本当《ほんとう》かどうか分《わ》からない噂話《うわさばなし》ばかりするかのんと翼《つばさ》が嫌《きら》いだった。

部活中《ぶかつちゅう》もよくふたりと口喧嘩《くちげんか》をしている。

「あのねえ、私《わたし》はお兄《にい》ちゃんから聞《き》いたんだよ」

「私《わたし》はお母《かあ》さんから。お母《かあ》さんやかのんのお兄《にい》ちゃんが嘘《うそ》をついてるって言《い》いたいの？」

「そういうわけじゃないけど」

「じゃあどういうことよ？」

「文句《もんく》があるなら、嘘《うそ》っていう証拠《しょうこ》を見《み》せなさいよ」

「証拠《しょうこ》って、そんなのあるわけないだろ……」

真人《まさと》はふたりにそう言《い》われ、反論《はんろん》できなくなってしまった。

ハァ〜イ

突然《とつぜん》、甲高《かんだか》い声《こえ》がした。

弥生《やよい》たちが声《こえ》のしたほうに視線《しせん》を向《む》けると、公園《こうえん》の入《い》り口《ぐち》に、ピエロが立《た》っていた。

真《ま》っ赤《か》なくるくるの髪《かみ》をして、真《ま》っ白《しろ》な化粧顔《けしょうがお》、鼻《はな》と口《くち》は真《ま》っ赤《か》だ。

派手《はで》なチェック柄《がら》の服《ふく》を着《き》ていて、とても大《おお》きな赤《あか》い靴《くつ》を履《は》いている。

その手《て》には、赤《あか》、青《あお》、黄色《きいろ》など色《いろ》とりどりの風船《ふうせん》をいくつも持《も》っていた。

「どうしてこんなところにピエロが？」

弥生《やよい》は首《くび》をかしげた。

かのんと翼《つばさ》もピエロが突然現《とつぜんあらわ》れ、驚《おどろ》いているようだ。

すると、真人《まさと》が笑《わら》った。

「たぶん、お店《みせ》の宣伝《せんでん》だよ。ほらっ、駅前《えきまえ》に新《あたら》しくステーキ屋《や》さんができただろ？」

「そう言《い》えば、今日《きょう》オープンだったよね」

弥生《やよい》は以前《いぜん》から店《みせ》がオープンするのを心待《こころま》ちにしていた。

ピエロは、弥生《やよい》たちに向《む》かって手招《てまね》きをする。

大《おお》きく飛《と》び跳《は》ねると、商店街《しょうてんがい》のある大通《おおどお》りのほうへと歩《ある》き出《だ》した。

「もしかして何《なに》かもらえるんじゃないのか？」

「開店《かいてん》のお祝《いわ》いってこと？」

「俺《おれ》、ちょっと行《い》ってくるよ！」

真人《まさと》はそう言《い》うと、ピエロを追《お》って公園《こうえん》を出《で》て行《い》った。

「ほんと草野《くさの》って子供《こども》よね〜」

「どうせ、開店《かいてん》のお祝《いわ》いって言《い》っても、風船《ふうせん》とかティッシュぐらいでしょ」

かのんと翼《つばさ》は真人《まさと》の行動《こうどう》を笑《わら》うが、弥生《やよい》は少《すこ》しうらやましかった。

(私《わたし》も行《い》ってみたいかも……。だけど、行《い》ったら、かのんたちに笑《わら》われちゃうよね)

弥生《やよい》は行《い》くのをあきらめ、「帰《かえ》ろっか」とふたりに言《い》った。

翌日《よくじつ》。町《まち》は今《いま》にも雪《ゆき》が降《ふ》り出《だ》しそうな暗《くら》い雲《くも》に包《つつ》まれていた。

「さむ〜い」

弥生《やよい》は、手《て》をこすりながら登校《とうこう》してきた。

「弥生《やよい》、大変《たいへん》!」

教室《きょうしつ》に入《はい》ろうとすると、かのんと翼《つばさ》が駆《か》け寄《よ》ってきた。

弥生《やよい》は2組《くみ》、かのんたちは真人《まさと》と同《おな》じ3組《くみ》だ。

「おはよ。どうしたの?」

「どうしたのじゃないよ。草野《くさの》が大怪我《おおけが》をしたの!」

「えええ!?」

かのんの話《はなし》によると、真人《まさと》は昨日《きのう》の夕方《ゆうがた》、病院《びょういん》に運《はこ》ばれたのだという。

「意識《いしき》がないって先生《せんせい》たちが言《い》ってた」

「交通事故《こうつうじこ》？」

弥生《やよい》が尋《たず》ねると、かのんと翼《つばさ》は首《くび》を横《よこ》に振《ふ》った。

「草野《くさの》ね、骨《ほね》が、13ヶ所《かしょ》も折《お》れてたらしいの――」


「それって……」

弥生《やよい》は昨日《きのう》ふたりから聞《き》いた話《はなし》を思《おも》い出《だ》した。

3人《にん》の大学生《だいがくせい》が誰《だれ》かに襲《おそ》われて、全身《ぜんしん》の骨《ほね》が13ヶ所《かしょ》も折《お》れた事件《じけん》……。

「まさか、草野《くさの》くんも？」

ハァ～イ

甲高《かんだか》い声《こえ》がした。

昨日《きのう》公園《こうえん》で見《み》かけたあのピエロの声《こえ》だ。

弥生《やよい》たちはハッとして廊下《ろうか》を見《み》る。

しかし、どこにもピエロなどいない。

「今《いま》、聞《き》こえたよね？」

「うん、聞《き》こえた」

かのんと翼《つばさ》は、弥生《やよい》のほうを見《み》る。

「私《わたし》も聞《き》こえた……。だけど、学校《がっこう》にピエロなんているわけないよね？」

弥生《やよい》たちは何《なに》がどうなっているのかまったく分《わ》からなかった。


放課後《ほうかご》。

吹奏楽部《すいそうがくぶ》は休《やす》みになった。

部長《ぶちょう》と顧問《こもん》の先生《せんせい》が、入院《にゅういん》している真人《まさと》の様子《ようす》を見《み》に行《い》くことになったのだ。

「草野《くさの》、大丈夫《だいじょうぶ》かな……」

「まだ意識戻《いしきもど》ってないんだよね」

道路《どうろ》を歩《ある》きながら、かのんと翼《つばさ》が口《くち》にする。

いつもは真人《まさと》と口喧嘩《くちげんか》ばかりしているが、さすがに心配《しんぱい》なようだ。

先《さき》ほどから雪《ゆき》が降《ふ》り出《だ》し、道路《どうろ》に薄《う》っすらと積《つ》もり始《はじ》めている。

弥生《やよい》はかのんたちの横《よこ》で、朝《あさ》の出来事《できごと》を考《かんが》えていた。

(どうしてあのとき、ピエロの声《こえ》が聞《き》こえたんだろう？)

弥生《やよい》たちはあの後《あと》、学校《がっこう》の中《なか》でピエロを見《み》た人《ひと》がいないか、クラスメイトや先生《せんせい》に聞《き》きまわった。

だが、ピエロの姿《すがた》を見《み》た人《ひと》も、声《こえ》を聞《き》いた人《ひと》もいなかった。

ハァ〜イという声《こえ》を聞《き》いたのは、弥生《やよい》たち3人《にん》だけだったのだ。

やがて、弥生《やよい》たちは公園《こうえん》の前《まえ》までやってきた。

「今日《きょう》はおしゃべりする気《き》にはなれないよね」

「雪《ゆき》も降《ふ》ってるし、まっすぐ帰《かえ》ろう」

「うん……」

弥生《やよい》たちは公園《こうえん》の前《まえ》を通《とお》りすぎると、別《わか》れの挨拶《あいさつ》をして、それぞれ別《べつ》の道《みち》へと歩《ある》いて行《い》った。

しかし、弥生《やよい》はしばらく歩《ある》いた後《あと》、ふと立《た》ち止《ど》まった。

(そう言《い》えば、草野《くさの》くん、ピエロはステーキ屋《や》さんの宣伝《せんでん》じゃないかって言《い》ってたよね？)

真人《まさと》はプレゼントがもらえると思《おも》って、ピエロについて行《い》ったのだ。

（ステーキ屋《や》さんに行《い》ったら、何《なに》か分《わ》かるかも……）

弥生《やよい》は商店街《しょうてんがい》のある大通《おおどお》りのほうへとむかった。


商店街《しょうてんがい》にやってきた弥生《やよい》は、ステーキ店《てん》の前《まえ》で立《た》ち止《ど》まった。

牛《うし》のキャラクターが描《か》かれたエプロンをしたおじさんが、ドアの前《まえ》にメニューの看板《かんばん》を置《お》いている。


「あの、すいません」

「やあ、いらっしゃい。お店《みせ》は18時《じ》からだよ」

「お客《きゃく》じゃないんです。聞《き》きたいことがあって」

おじさんは準備《じゅんび》をする手《て》をとめ、弥生《やよい》のほうを見《み》た。

「昨日《きのう》いたピエロのことなんですけど」

「ピエロ？」

おじさんは首《くび》をかしげた。

「そんなの知《し》らないよ」

「えっ？」

弥生《やよい》は、昨日見《きのうみ》たピエロのことをくわしく話《はな》した。

すると、おじさんはますます首《くび》をかしげた。

「やっぱり分《わ》からないねえ。ウチは雇《やと》ってないし、昨日《きのう》の夕方《ゆうがた》はずっと商店街《しょうてんがい》でチラシを配《くば》っていたけど、ピエロなんて1度《ど》も見《み》てないよ」

「そんな……」

ピエロは大通《おおどお》りのほうへと歩《ある》いて行《い》った。

公園《こうえん》から商店街《しょうてんがい》までは1、2分《ふん》の距離《きょり》だ。

弥生《やよい》は、商店街《しょうてんがい》のほかの店《みせ》の人《ひと》たちにも聞《き》いてみることにした。

「ピエロ？　知《し》らないわねえ」

「私《わたし》も見《み》てないわ」

「そんなのがいたら、すぐに気《き》づくと思《おも》うけどなあ」

誰《だれ》もピエロのことを知《し》らなかった。

（どうして？　昨日《きのう》、商店街《しょうてんがい》のほうへ行《い》ったのに？）

途中《とちゅう》でどこかの建物《たてもの》に入《はい》ったとしても、あれほど目立《めだ》つ格好《かっこう》をしているのだ。見《み》た人《ひと》がひとりもいないはずがない。

「一体《いったい》、どういうこと？」

ハァ～イ

甲高《かんだか》い声《こえ》が響《ひび》いた。
交差点《こうさてん》を挟《はさ》んだ道路《どうろ》の向《む》こうからだ。
弥生《やよい》はハッとして、交差点《こうさてん》を渡《わた》ると、辺《あた》りを見回《みまわ》した。
しかし、誰《だれ》もいない。
(気《き》のせいだったのかな……)
ピエロのことばかり考《かんが》えていたせいだろうか。
そのとき、弥生《やよい》の横《よこ》を1台《だい》の救急車《きゅうきゅうしゃ》がサイレンを鳴《な》らしながら通《とお》りすぎた。
向《む》こうのほうに、人《ひと》だかりができている。
救急車《きゅうきゅうしゃ》はそのそばに停《と》まった。
(何《なに》かあったのかな？)
家《いえ》とは反対《はんたい》の方向《ほうこう》だったが、様子《ようす》を見《み》に行《い》ってみることにした。

「弥生《やよい》！」

人《ひと》だかりに近《ちか》づくと、突然呼《とつぜんよ》びかけられた。

見《み》ると、人《ひと》だかりの中《なか》にかのんがいた。

「何《なに》があったの？」

「翼《つばさ》が！」

かのんは、救急隊員《きゅうきゅうたいいん》のほうを指差《ゆびさ》した。


「えっ⁉」

救急隊員《きゅうきゅうたいいん》が運《はこ》ぶ担架《たんか》の上《うえ》に、翼《つばさ》が乗《の》っていた。

手足《てあし》が、まるで紙《かみ》でできた人形《にんぎょう》のように折《お》れ曲《ま》がっていた。

「翼《つばさ》！」

弥生《やよい》はやじ馬《うま》をかきわけ、そばに駆《か》け寄《よ》る。

「翼《つばさ》、しっかりして！」

救急隊員《きゅうきゅうたいいん》が「触《ふ》れちゃだめだ」と注意《ちゅうい》した。

「全身《ぜんしん》の骨《ほね》が折《お》れている。とても危険《きけん》な状態《じょうたい》だ！」

翼《つばさ》は、命《いのち》はあるようだが、意識《いしき》は完全《かんぜん》に失《うしな》っていた。

救急隊員《きゅうきゅうたいいん》たちは、翼《つばさ》を救急車《きゅうきゅうしゃ》に乗《の》せると、すぐに発進《はっしん》した。

「どうなってるの……？」

去《さ》って行《い》く救急車《きゅうきゅうしゃ》を弥生《やよい》が呆然《ぼうぜん》と見《み》ていると、かのんがそばにやってきた。

「私《わたし》……、みんなと別《わか》れた後《あと》、翼《つばさ》に教科書《きょうかしょ》を貸《か》してたことを思《おも》い出《だ》して、翼《つばさ》を追《お》いかけたの。

……そうしたら、あんな姿《すがた》で倒《たお》れてて」

「事故《じこ》……？」

弥生《やよい》はつぶやくが、すぐに「事故《じこ》なんかじゃない……」と言《い》った。

「翼《つばさ》は、誰《だれ》かに襲《おそ》われたんだ……」

翼《つばさ》は全身《ぜんしん》の骨《ほね》が折《お》れているらしい。

3人《にん》の大学生《だいがくせい》や真人《まさと》とまったく同《おな》じだ。

「弥生《やよい》、あれ！」

かのんが大《おお》きな声《こえ》をあげた。

その視線《しせん》は、道路《どうろ》の向《む》こうを見《み》ている。

弥生《やよい》もその方向《ほうこう》を見《み》た。

「あっ！」

道路《どうろ》の角《かど》に、あのピエロが立《た》っていた。

手《て》には、色《いろ》とりどりの風船《ふうせん》がいくつもある。

ピエロは弥生《やよい》たちが見《み》ていることに気《き》づくと、大《おお》きく飛《と》び跳《は》ね、そのまま角《かど》を曲《ま》がって姿《すがた》を消《け》した。

「弥生《やよい》、あのピエロなんなの？」

「分《わ》からないよ。分《わ》からないけど、絶対《ぜったい》ヘンだよ！」

昨日《きのう》、真人《まさと》はあのピエロを追《お》って、大怪我《おおけが》をした。

翼《つばさ》が大怪我《おおけが》をした場所《ばしょ》にもいた。

（あのピエロがふたりを襲《おそ》ったんだ――！）

「捕《つか》まえなきゃ！」

弥生《やよい》はあわてて追《お》いかけた。


「弥生《やよい》、待《ま》って！　ねえ！」

かのんが後《うし》ろから叫《さけ》ぶが、弥生《やよい》は走《はし》り続《つづ》けた。

雪《ゆき》は先《さき》ほどよりもさらに激《はげ》しく降《ふ》り、地面《じめん》に積《つ》もっている。

弥生《やよい》は何度《なんど》も滑《すべ》りそうになりながらも、ピエロを追《お》った。

「ねえ、弥生《やよい》ってば！」

そんな弥生《やよい》の腕《うで》を、かのんがつかんだ。

「弥生《やよい》！　危《あぶ》ないからやめて！」

かのんも、ピエロが怪《あや》しいと思《おも》っているようだ。

「こういうことは警察《けいさつ》に任《まか》せたほうがいいよ！」

「でも！」

「でもじゃないよ！　私《わたし》たちも襲《おそ》われちゃうよ！」

その言葉《ことば》に、弥生《やよい》はハッとする。

大学生《だいがくせい》や真人《まさと》に大怪我《おおけが》をさせた人物《じんぶつ》だ。

弥生《やよい》やかのんの手《て》におえる相手《あいて》ではない。

「ほらっ、あそこに交番《こうばん》があるから、行《い》こう」

かのんは、目《め》の前《まえ》にある交番《こうばん》を見《み》た。

「う、うん……」

弥生《やよい》はようやく冷静《れいせい》になった。

「ごめんね」と謝《あやま》ると、かのんとともに交番《こうばん》へ向《む》かった。


「あの〜」

ふたりは交番《こうばん》をのぞきこむ。

しかし、中《なか》には誰《だれ》もいなかった。

パトロールにでも行《い》っているのだろうか。

奥《おく》のほうにも部屋《へや》があるようだ。たしか、休憩室《きゅうけいしつ》とかがあるはずだ。

「あの〜、すいません」

弥生《やよい》はその部屋《へや》に向《む》かって声《こえ》をかけてみた。

ガサガサ
奥《おく》の部屋《へや》から物音《ものおと》がした。

「よかった、いたね」

「うん」

弥生《やよい》は奥《おく》の部屋《へや》に向《む》かって話《はな》しかけた。

「怪《あや》しい人《ひと》がいたんです。ピエロの格好《かっこう》をしてるんですけど、その人《ひと》に友達《ともだち》が襲《おそ》われて」

弥生《やよい》は必死《ひっし》になって説明《せつめい》した。

だが、何《なん》の返事《へんじ》もない。

弥生《やよい》とかのんが不思議《ふしぎ》に思《おも》っていると、ようやく返事《へんじ》があった。

ハア〜イ

それは、甲高《かんだか》い声《こえ》。

「えっ……」

弥生《やよい》が声《こえ》をもらすと、後《うし》ろに立《た》っていたかのんが声《こえ》をあげた。

「ねえ、これ！」

かのんは床《ゆか》を見《み》ている。

そこに、靴跡《くつあと》があった。

靴《くつ》の底《そこ》についていた雪《ゆき》が、足跡《あしあと》として床《ゆか》に残《のこ》っていたのだ。

「この足跡《あしあと》って……」

それは、とても大《おお》きな靴《くつ》の跡《あと》だった。

ハァ〜イ

ハッとして顔《かお》を上《あ》げると、いつの間《ま》にか目《め》の前《まえ》にピエロが立《た》っていた。

「きゃああ！」

かのんはあわてて交番《こうばん》から逃《に》げ出《だ》そうとする。

ピエロは、持《も》っていた色《いろ》とりどりの風船《ふうせん》のひとつを、指先《ゆびさき》でちょんと触《さわ》って割《わ》った。

パンッ！

瞬間《しゅんかん》、かのんの右足《みぎあし》がありえない方向《ほうこう》に折《お》れ曲《ま》がった。

「あああ！」

かのんはその場《ば》に倒《たお》れる。

「かのん！」

弥生《やよい》はかのんに駆《か》け寄《よ》った。

ピエロはさらにほかの風船《ふうせん》も指先《ゆびさき》で割《わ》った。

パン！　パン！　パン！　パン！

「ああ！　あああ！　あああああっ！」

風船《ふうせん》が割《わ》れるたびに、かのんの手足《てあし》が折《お》れ曲《ま》がっていく。

ピエロは最後《さいご》の風船《ふうせん》も割《わ》った。

その数《かず》は、全部《ぜんぶ》で13個《こ》。

ヒャヒャヒャ！

ピエロは13ヶ所《かしょ》の骨《ほね》が折《お》れたかのんを見《み》て、大笑《おおわら》いしていた。

「な、なんなの⁉　た、助《たす》けて……」

あまりの恐怖《きょうふ》で、弥生《やよい》はその場《ば》にしゃがみこんでしまう。

ピエロはそんな弥生《やよい》にゆっくりと近《ちか》づく。

目《め》の前《まえ》までやってくると、手《て》を伸《の》ばし、指《ゆび》の間《あいだ》から一輪《いちりん》の小《ちい》さな赤《あか》いバラを出《だ》した。

そのバラをにぎりしめると、そのまま天井《てんじょう》に向《む》けて手《て》を上《あ》げる。

すると、いつの間《ま》にか、ピエロはなくなったはずの風船《ふうせん》をまた持《も》っていた。

さっきと同《おな》じく、色《いろ》とりどりの13個《こ》の風船《ふうせん》を――。

「いや……、こないで……」

ヒャヒャヒャ！

ピエロはおびえる弥生《やよい》を見《み》て笑《わら》いながら、指先《ゆびさき》を風船《ふうせん》に近《ちか》づけた。

「そこまでだ」

入《い》り口《ぐち》に、フシギが立《た》っていた。

「フシギサン、チャンスでス。建物《たてもの》の中《なか》だと、『残虐《ざんぎゃく》ピエロ』は逃《に》げることができませン」

パーカーのポケットの中《なか》からＭ《モ》Ｏ Ｍ《モ》Ｏが言《い》う。

フシギは真《ま》っ赤《か》な手帳《てちょう》を取《と》り出《だ》しながら、ピエロに近《ちか》づこうとした。

瞬間《しゅんかん》、ピエロが怒《いか》りの表情《ひょうじょう》を浮《う》かべてフシギをにらむと、持《も》っていた風船《ふうせん》に指先《ゆびさき》を伸《の》ばした。


パンッ！


ボキッというにぶい音《おと》が響《ひび》き、同時《どうじ》にフシギの右腕《みぎうで》がだらりと揺《ゆ》れる。

腕《うで》の骨《ほね》が折《お》れてしまったのだ。

フシギの顔《かお》が一瞬《いっしゅん》歪《ゆが》む。しかしすぐにピエロをにらむと、一歩《ぽ》、近《ちか》づいた。

「無駄《むだ》だ。僕《ぼく》はたとえ全身《ぜんしん》の骨《ほね》を砕《くだ》かれても、呪《のろ》いを回収《かいしゅう》する」

キィーィー！

ピエロは声《こえ》をあらげ、さらにもうひとつの風船《ふうせん》を指先《ゆびさき》で割《わ》った。

ボキッ！


フシギの胸《むね》のあたりからにぶい音《おと》が響《ひび》く。

肋骨《ろっこつ》が折《お》れたようだ。

だが、フシギは歩《あゆ》みを止《と》めない。

ピエロはそれを見《み》て、あわてて両手《りょうて》で風船《ふうせん》をいくつも割《わ》ろうとした。

「MOMO《モモ》、力《ちから》になると言《い》ってたよな」

「はイ」

「今《いま》、なってもらう――」

フシギはスマホを持《も》った左手《ひだりて》を大《おお》きく振《ふ》り上《あ》げると、ピエロに向《む》かって投《な》げた。

ギャ！

スマホが顔《かお》にあたり、ピエロがよろける。

フシギはその隙《すき》にピエロの目《め》の前《まえ》まで近《ちか》づくと、左手《ひだりて》で手帳《てちょう》を開《ひら》いた。

セラテイロノ　セツウイロノ　シャ・エイ

フシギは呪文《じゅもん》を唱《とな》える。

「解《かい》」

次《つぎ》の瞬間《しゅんかん》、ピエロの身体《からだ》から奇妙《きみょう》なマークが現《あらわ》れ、キラキラと輝《かがや》き、開《ひら》かれたページに反転《はんてん》して写《うつ》し取《と》られた。

ピエロの姿《すがた》が消《き》えた。

弥生《やよい》は、呆然《ぼうぜん》とフシギのほうを見《み》ている。

フシギは手帳《てちょう》をしまおうとする。

だが、痛《いた》みで力《ちから》が入《はい》らなかったのか、手帳《てちょう》を床《ゆか》に落《お》としてしまった。

「だ、大丈夫《だいじょうぶ》ですか？」

弥生《やよい》は手帳《てちょう》を拾《ひろ》おうとするが、フシギはそんな弥生《やよい》をにらんだ。

「それに触《さわ》るな」

弥生《やよい》は怖《こわ》くなり、動《うご》けなくなってしまう。

フシギは手帳《てちょう》を拾《ひろ》い、ポケットの中《なか》にしまった。

「なんてことを、するのですカ」

床《ゆか》に落《お》ちているスマホから、M《モ》O M《モ》Oの声《こえ》がした。

スマホの画面《がめん》にひびが入《はい》っている。

「ワタシは、知的労働専門《ちてきろうどうせんもん》でス。乱暴《らんぼう》に扱《あつか》わないでくださイ」

「そんなこと僕《ぼく》には関係《かんけい》ない」

フシギはため息《いき》を吐《つ》くと、スマホを拾《ひろ》った。

そして、弥生《やよい》のほうを振《ふ》り返《かえ》ることなく、そのまま交番《こうばん》から出《で》て行《い》った。

「重傷《じゅうしょう》ですネ。どこかで休養《きゅうよう》したほうがいいですヨ」

道路《どうろ》を歩《ある》くフシギに、M《モ》O M《モ》Oが言《い》う。

外《そと》は、いつの間《ま》にか大雪《おおゆき》になっていた。

「休《やす》む暇《ひま》があったら、ひとつでも多《おお》くの呪《のろ》いを回収《かいしゅう》したほうがいい」

フシギはそう言《い》うが、その身体《からだ》はふらつき、歩《ある》くのもやっとの状態《じょうたい》だった。

「10メートル先《さき》、右《みぎ》でス」

「右《みぎ》？」

「今《いま》、ネットで調《しら》べましタ。ここから、300メートル離《はな》れた場所《ばしょ》に、空《あ》き家《や》になっている一軒《いっけん》家《や》がありまス。そこでなら、誰《だれ》にも気《き》づかれることなく、休《やす》むことができますヨ」

「だから僕《ぼく》は、ぐ……」

フシギは右腕《みぎうで》をおさえる。

MOMO《モモ》はひびの入《はい》った画面《がめん》ごしにフシギを見《み》ている。

「ワタシ、役《やく》に立《た》つでしょウ？」

「僕《ぼく》はキミを信用《しんよう》していない」

「それでも、チカラに、なりますヨ」

「………」

フシギは赤《あか》いフードを被《かぶ》り直《なお》すと、降《ふ》り落《お》ちる雪《ゆき》の中《なか》を歩《ある》き続《つづ》ける。

角《かど》までやってくると、一瞬《いっしゅん》ためらいながらも、右《みぎ》に曲《ま》がった。

3つ目《め》の町《まち》

歌《うた》う案《か》山《か》子《し》

田《た》んぼや畑《はたけ》で、カラスなどから作物《さくもつ》を守《まも》ってくれる案山子《かかし》。
時々《ときどき》、呪《のろ》われたものがまぎれこんでいるという。
動《うご》いて見《み》えたり、話《はな》しかけられたような気《き》がしたりしたら、
すぐに逃《に》げたほうがよい。

「はあ〜、やっぱりくるんじゃなかった」

ひとりの女《おんな》の子《こ》が、お気《き》に入《い》りの緑色《みどりいろ》のカチューシャを触《さわ》りながらそう言《い》った。

中学《ちゅうがく》2年生《ねんせい》の紺野沙知子《こんのさちこ》だ。

となりには、5歳年下《さいとしした》の妹《いもうと》・沙彩《さあや》の姿《すがた》もある。

ふたりは田舎町《いなかまち》の道路《どうろ》を歩《ある》いていた。

先《さき》ほどまで、沙知子《さちこ》は家《いえ》のリビングのソファでスマホを見《み》ていた。

すると、母親《ははおや》が沙知子《さちこ》のもとにやってきた。

「ねえ、育枝《いくえ》おばさんのところに行《い》ってくれるかしら」

育枝《いくえ》おばさんというのは、隣町《となりまち》に住《す》む母親《ははおや》の妹《いもうと》だ。

母親《ははおや》は小《ちい》さな畑《はたけ》を借《か》りていて、いろんな野菜《やさい》を作《つく》っている。

取《と》れた野菜《やさい》を、よく育枝《いくえ》におすそ分《わ》けしていた。

「ええ〜、面倒《めんどう》くさいよ。沙彩《さあや》に頼《たの》んだら？　育枝《いくえ》おばさんのところに遊《あそ》びに行《い》きたいっていつも言《い》ってるでしょ」

沙知子《さちこ》がそう言《い》うと、食卓《しょくたく》のテーブルで宿題《しゅくだい》をしていた沙彩《さあや》が、「私《わたし》、行《い》く〜！」と言《い》った。

育枝《いくえ》の家《いえ》には猫《ねこ》が5匹《ひき》もいる。沙彩《さあや》はその猫《ねこ》たちに会《あ》いたかったのだ。

「沙彩《さあや》ひとりじゃ危《あぶ》ないわ。あなたも付《つ》いて行《い》って。帰《かえ》りにお菓子《かし》を買《か》っていいから」

「あのねえ、私《わたし》、中《ちゅう》2だよ。お菓子《かし》なんかじゃ動《うご》かないよ」

「リッチプレミアムケーキを買《か》っていいわよ」

「えっ！」

駅前《えきまえ》のケーキ屋《や》でいちばん高《たか》いケーキだ。

スイーツ好《ず》きの沙知子《さちこ》の目《め》の色《いろ》が変《か》わった。

そして現在《げんざい》。

結局《けっきょく》、沙知子《さちこ》はケーキの誘惑《ゆうわく》に負《ま》けて、育枝《いくえ》の家《いえ》まで行《い》くことにした。

12月《がつ》の午後《ごご》4時半《じはん》すぎ。辺《あた》りは薄暗《うすぐら》くなっている。

「ケーキは嬉《うれ》しいけど、育枝《いくえ》おばさんの家《いえ》って行《い》くの大変《たいへん》だよね」

沙知子《さちこ》たちの家《いえ》から育枝《いくえ》の家《いえ》までは、歩《ある》いて20分《ぷん》ほどで着《つ》く。

距離的《きょりてき》にはそれほど大変《たいへん》ではない。

問題《もんだい》なのは、家《いえ》の建《た》っている場所《ばしょ》だ。

育枝《いくえ》の家《いえ》は山《やま》の中腹《ちゅうふく》にあり、舗装《ほそう》されていない山道《やまみち》を登《のぼ》らなければならなかったのだ。

「いつもはお父《とう》さんの車《くるま》で行《い》くのに……」

今日《きょう》は、父親《ちちおや》は朝《あさ》からゴルフに出《で》かけてしまっていた。

「おまけに、なんで野菜《やさい》を全部《ぜんぶ》私《わたし》が持《も》ってるのよ」

大《おお》きな手《て》さげ袋《ぶくろ》の中《なか》には白菜《はくさい》や大根《だいこん》が入《はい》っていた。

「ねえ、けっこう重《おも》たいんだけど」

「お姉《ねえ》ちゃん、私《わたし》より力持《ちからも》ちでしょ」

「そりゃあ、沙彩《さあや》よりは力《ちから》はあるけど」

「だったら大丈夫《だいじょうぶ》。持《も》てる持《も》てる！」

沙彩《さあや》はそう言《い》って笑《わら》うと、山道《やまみち》の入《い》り口《ぐち》のほうへと歩《ある》いて行《い》く。

「はあ～、やっぱりくるんじゃなかった」

沙知子《さちこ》は今更《いまさら》ながらに後悔《こうかい》しつつ、沙彩《さあや》の後《あと》に続《つづ》いて入《い》り口《ぐち》へむかおうとした。

「その山《やま》に登《のぼ》っちゃだめだ！」

突然《とつぜん》、ひとりの少年《しょうねん》が沙知子《さちこ》たちの前《まえ》に立《た》った。

少年《しょうねん》は、白《しろ》いフードを被《かぶ》っている。

白《しろ》いスエット姿《すがた》で、白《しろ》いロードバイクを押《お》していた。

沙知子《さちこ》より少《すこ》し年上《としうえ》だろうか。

「お姉《ねえ》ちゃんの知《し》り合《あ》い？」

「ううん、知《し》らない人《ひと》だと思《おも》うけど……」

フードを被《かぶ》っているので顔《かお》はよく見《み》えないが、目《め》が大《おお》きく、イケメンそうなのが分《わ》かる。

（ちょっとタイプかも……）

沙知子《さちこ》は笑顔《えがお》になって、少年《しょうねん》に「どういうことですか？」とたずねた。

すると、少年《しょうねん》はフードの奥《おく》からするどい眼光《がんこう》をのぞかせ、沙知子《さちこ》をじっと見《み》つめた。

「今《いま》、山道《やまみち》に入《はい》ると、君《きみ》たちは怪物《かいぶつ》に襲《おそ》われるぞ」

「えっ？」

「この山道《やまみち》を登《のぼ》って行《い》くと田《た》んぼがあるだろ？　そこに、都市伝説《としでんせつ》の怪物《かいぶつ》が潜《ひそ》んでいるんだ」

「えええ？」

少年《しょうねん》の言《い》うとおり、育枝《いくえ》の家《いえ》に行《い》く間《あいだ》にはいくつか田《た》んぼがある。

しかし、都市伝説《としでんせつ》の怪物《かいぶつ》というのは？

「あの、何言《なにい》ってるのか分《わ》かんないんですけど」

「ほんとにいるんだ。信《しん》じてくれ」

「信《しん》じろって言《い》われても」

見《み》ず知《し》らずの人間《にんげん》を簡単《かんたん》に信《しん》じられるはずがない。

「だいたい、あなたはその怪物《かいぶつ》を見《み》たとでも言《い》うんですか？」

「そ、それは……、見《み》てないけど……」

「はあ？」

沙知子《さちこ》は口《くち》ごもる少年《しょうねん》に怪《あや》しさを感《かん》じた。

「もしかして私《わたし》たちを怖《こわ》がらせようとしてるんですか？」

「違《ちが》う！　見《み》たことはないけど、気配《けはい》を感《かん》じることはできるんだ！」

「気配《けはい》を感《かん》じる⁉」

（この人《ひと》、ちょっとヘンかも——）

沙知子《さちこ》はあわてて沙彩《さあや》の腕《うで》をつかむと少年《しょうねん》から離《はな》れた。

「近《ちか》づいたら警察《けいさつ》呼《よ》びますよ！」

「ど、どうして警察《けいさつ》を⁉」

「当《あ》たり前《まえ》でしょ！　怪《あや》しいもん！」

「僕《ぼく》は怪《あや》しい者《もの》じゃない！」

「それ以上《いじょう》近《ちか》づいたら、本気《ほんき》で押《お》しますよ！」

沙知子《さちこ》はスマホを取《と》り出《だ》すと、画面《がめん》を押《お》す仕草《しぐさ》をした。

それを見《み》て、少年《しょうねん》はたじろぐ。

沙知子《さちこ》は沙彩《さあや》を連《つ》れて、少年《しょうねん》からさらに離《はな》れる。

「ついてきたら、すぐ通報《つうほう》しますから！」

沙知子《さちこ》は忠告《ちゅうこく》すると、沙彩《さあや》を連《つ》れて山道《やまみち》へと入《はい》って行《い》った。


「なんだったの、あの男《おとこ》の子《こ》⁉」

山道《やまみち》を登《のぼ》りながら、沙知子《さちこ》は先《さき》ほどの少年《しょうねん》のことを話《はな》していた。

「顔《かお》はイケメンそうだったけど、女《おんな》の子《こ》を怖《こわ》がらせて楽《たの》しむなんてサイテーだよね！」

沙知子《さちこ》はいつでも警察《けいさつ》を呼《よ》べるようにスマホをにぎりしめながら、山道《やまみち》を歩《ある》いた。

「あのお兄《にい》ちゃん、きっとこの辺《あた》りの人《ひと》じゃないよね？」

ふと、沙彩《さあや》が言《い》った。

「どうして分《わ》かるの？」

「だって、自転車《じてんしゃ》に大《おお》きな鞄《かばん》が付《つ》いてたでしょ。自転車《じてんしゃ》で旅《たび》をしてるんじゃないのかな？」

「そう言《い》われれば」

自転車《じてんしゃ》の左右《さゆう》には白《しろ》い大《おお》きな鞄《かばん》が付《つ》いていた。

ただのサイクリングではなさそうだ。

「もしかして、本当《ほんとう》に怪物《かいぶつ》がいるのかもしれないよ。あのお兄《にい》ちゃんの言《い》っていた力《ちから》って、霊感《れいかん》のことじゃないかな？」

「霊感《れいかん》って、幽霊《ゆうれい》が見《み》えたりする力《ちから》だよね？」

「うん。私《わたし》、圭《けい》ちゃんから、都市伝説《としでんせつ》の怪物《かいぶつ》がほんとにいるかもしれないって聞《き》いたことあるもん」

圭《けい》とは、沙彩《さあや》のクラスメイトの女《おんな》の子《こ》だ。

都市伝説《としでんせつ》が好《す》きで、よくそういう話《はなし》をしているらしい。

「たしか、田《た》んぼとか畑《はたけ》にも、そういう怪物《かいぶつ》が現《あらわ》れることがあるって言《い》ってた。あれはええっと……、そう、くねくね！」

「何《なに》それ？」

「案山子《かかし》のような怪物《かいぶつ》で、くねくねを見《み》ちゃうと変《へん》な音《おと》が聞《き》こえて急《きゅう》に頭《あたま》が痛《いた》くなるんだって。逃《に》げてもどこまでも追《お》いかけてきて、最後《さいご》は捕《つか》まって不幸《ふこう》な目《め》に遭《あ》っちゃうらしいの」

「ただの作《つく》り話《ばなし》でしょ？」

「だけどあのお兄《にい》ちゃん、すごく真剣《しんけん》に話《はな》してたでしょ？　そういうのってほんとにいるのかもしれないよ」

「そ、そんなのありえないよ」

沙知子《さちこ》はそう言《い》いながらも、ゾッとした。


ルルル〜、ルルルル〜


声《こえ》がした。

歌声《うたごえ》のようだ。

「お姉《ねえ》ちゃん、今《いま》の聞《き》こえた……？」

「聞《き》こえた」

前方《ぜんぽう》には、田《た》んぼが見《み》える。

12月《がつ》の田《た》んぼは、枯《か》れた稲《いね》の根《ね》だけが残《のこ》り、茶色《ちゃいろ》い土《つち》が広《ひろ》がっていた。

目《め》の前《まえ》に1枚《まい》、そのとなりに1枚《まい》、奥《おく》に同《おな》じように1枚《まい》ずつ、まさに漢字《かんじ》の田《た》の字《じ》のように4枚《まい》の田《た》んぼがあった。

「歌声《うたごえ》、田《た》んぼのほうからしたよね？」

「うん……。あの男《おとこ》の子《こ》が、先回《さきまわ》りして怖《こわ》がらせようとしてるのかも」

「山道《やまみち》は1本《ぽん》しかないよ。先回《さきまわ》りなんかできないよ」

「だよね。だったら、誰《だれ》がこんなところで歌《うた》なんか……？」


ルルル～、ルルルル～


また、歌声《うたごえ》がした。

「お姉《ねえ》ちゃん、私《わたし》、怖《こわ》い」

沙彩《さあや》が沙知子《さちこ》のコートの袖《そで》をギュッとつかむ。

「だ、大丈夫《だいじょうぶ》。お姉《ねえ》ちゃんがついてるから」

沙知子《さちこ》は沙彩《さあや》を守《まも》るように身《み》を寄《よ》せた。

「風《かぜ》の音《おと》……じゃないよね」

かすかに聞《き》こえただけだったが、あれはたしかに歌声《うたごえ》だった。

「お姉《ねえ》ちゃん、あれ！」

沙彩《さあや》が袖《そで》を引《ひ》っぱる。

沙彩《さあや》は目《め》の前《まえ》の田《た》んぼを見《み》ていた。

沙知子《さちこ》もそちらを見《み》る。

日《ひ》が落《お》ち、薄暗《うすぐら》くなった田《た》んぼの真《ま》ん中《なか》あたりに、何《なに》かがポツンと立《た》っていた。

案山子《かかし》だ。


(あんなところに、案山子《かかし》なんて立《た》ってたかな?)

沙知子《さちこ》は先《さき》ほど田《た》んぼを見《み》たが、案山子《かかし》が立《た》っていたことには気《き》づかなかった。

すると、沙彩《さあや》が口《くち》を開《ひら》いた。

「もしかして、くねくねかも」

「まさか」

「お姉《ねえ》ちゃん、逃《に》げよう!」

沙彩《さあや》は沙知子《さちこ》の袖《そで》を引《ひ》っぱった。

しかし、沙知子《さちこ》はそんな沙彩《さあや》に笑顔《えがお》を向《む》けた。

「大丈夫《だいじょうぶ》だって。逃《に》げてどうするのよ。育枝《いくえ》おばさんの家《いえ》に行《い》けなくなっちゃうよ」

育枝《いくえ》の家《いえ》は田《た》んぼを通《とお》りすぎた場所《ばしょ》にある。

「あれはただの案山子《かかし》だよ。お姉《ねえ》ちゃんが確《たし》かめてきてあげるから」

沙知子《さちこ》は「ちょっと持《も》ってて」と言《い》うと、野菜《やさい》の入《はい》った手《て》さげ袋《ぶくろ》を沙彩《さあや》に渡《わた》し、田《た》んぼへ入《はい》った。

「お姉《ねえ》ちゃん、危《あぶ》ないよ！」

「大丈夫《だいじょうぶ》、大丈夫《だいじょうぶ》」

沙彩《さあや》は怖《こわ》がりで、すぐに泣《な》いてしまう。

1度《ど》泣《な》き出《だ》すと、なかなか泣《な》きやまない。

(こんなところで泣《な》かれたら、面倒《めんどう》だもんね)

沙知子《さちこ》はそう思《おも》いながら、田《た》んぼを進《すす》んだ。

サクッ、サクッ、サクッ。

沙知子《さちこ》は、枯《か》れた稲《いね》の根《ね》を踏《ふ》みしめながら案山子《かかし》に近《ちか》づく。

(くねくねなんているわけないよね)

そう思《おも》いながらも、顔《かお》が少《すこ》しこわばる。

万《まん》が一《いち》のことを考《かんが》えて、いつでも警察《けいさつ》に電話《でんわ》できるように、スマホは手《て》に持《も》ったままだ。

沙知子《さちこ》は緊張《きんちょう》しながら、案山子《かかし》の前《まえ》までやってきた。

そして、ゆっくりと、案山子《かかし》を見《み》つめた。

「――ほーら、やっぱり！」

沙知子《さちこ》の顔《かお》がほころぶ。

案山子《かかし》は、ボロボロのYシャツを着《き》ていた。

タオルが巻《ま》かれた顔《かお》には、へのへのもへじが書《か》かれている。

くねくねを見《み》ると変《へん》な音《おと》が聞《き》こえて急《きゅう》に頭《あたま》が痛《いた》くなるらしいが、そんなことはまったく起《お》きない。

「沙彩《さあや》、大丈夫《だいじょうぶ》だよ。こっちにおいで」

沙知子《さちこ》は笑《わら》って手招《てまね》きをした。

沙彩《さあや》は怖《こわ》がりながらも、沙知子《さちこ》のそばへと駆《か》け寄《よ》った。

「ほら見《み》て。おもしろい顔《かお》してるよ」

沙彩《さあや》はおそるおそる案山子《かかし》の顔《かお》を見《み》る。

「ほんとだ……」

沙彩《さあや》の顔《かお》にようやく笑《え》みが戻《もど》った。

「くねくねなんているわけないよ。さあ、育枝《いくえ》おばさんの家《いえ》へ行《い》こう」

「うん！」

沙知子《さちこ》は沙彩《さあや》とともに、田《た》んぼから出《で》ようとした。

ルルル〜、ルルルル〜


歌声《うたごえ》が聞《き》こえた。

沙知子《さちこ》たちは歌声《うたごえ》が聞《き》こえたほうに顔《かお》を向《む》ける。

聞《き》こえたのは、となりの田《た》んぼからだ。

「えっ？」

となりの田《た》んぼの真《ま》ん中《なか》に、何《なに》かが立《た》っている。

案山子《かかし》だ。

薄暗《うすぐら》くてよく見《み》えないが、赤《あか》いシャツを着《き》ていて、顔《かお》には赤《あか》いタオルが巻《ま》かれているようだ。

「また、案山子《かかし》……？」

沙知子《さちこ》は、今《いま》まで立《た》っていることすら気《き》づかなかった。

「あの案山子《かかし》のほうから歌声《うたごえ》が聞《き》こえたよね……？」

沙彩《さあや》はそう言《い》うと、沙知子《さちこ》のコートの袖《そで》をギュッとつかんだ。

「お姉《ねえ》ちゃん、あの案山子《かかし》も、この案山子《かかし》も、なんかおかしいよ……」

「おかしいって？」

「だって、田《た》んぼに何《なに》もないのに、どうして案山子《かかし》だけ立《た》ってるの？」

「そう言《い》われれば……」

案山子《かかし》は、稲《いね》などの作物《さくもつ》を鳥《とり》や獣《けもの》から守《まも》るために立《た》っている。

冬《ふゆ》の田《た》んぼには何《なに》も植《う》えられていない。

当然《とうぜん》、案山子《かかし》も片付《かたづ》けられているはずなのだ。

「片付《かたづ》けるのを忘《わす》れたのかな……？」

沙知子《さちこ》は沙彩《さあや》のほうを見《み》ながら言《い》った。


サクッ……、サクッ……


となりの田《た》んぼのほうから、音《おと》が聞《き》こえた。

枯《か》れた稲《いね》の根《ね》を誰《だれ》かが踏《ふ》みしめるような音《おと》だ。

沙知子《さちこ》はその田《た》んぼを見《み》た。

「えっ」

先《さき》ほど見《み》た、顔《かお》に赤《あか》いタオルを巻《ま》いた案山子《かかし》が、沙知子《さちこ》たちのほうへ近《ちか》づいている。

距離《きょり》にするとわずかだが、確実《かくじつ》に案山子《かかし》は移動《いどう》していた。

「きゃあああ！」

突然《とつぜん》、沙彩《さあや》が悲鳴《ひめい》をあげてその場《ば》にしゃがみこんだ。

「沙彩《さあや》、どうしたの？」

「あそこ！」

沙彩《さあや》は震《ふる》える手《て》で、奥《おく》のほうにある田《た》んぼを指差《ゆびさ》している。

沙知子《さちこ》はその指《ゆび》の先《さき》を追《お》うように、奥《おく》の田《た》んぼを見《み》た。

「そんな――」

そこには、何体《なんたい》もの案山子《かかし》が立《た》っていた。

「ありえないよ！　さっきはひとつも立《た》ってなかったのに！」

見落《みお》としなどではない。

さっき見《み》たときちゃんと確認《かくにん》していた。

奥《おく》の田《た》んぼには、案山子《かかし》など立《た》っていなかったのだ。

ルルル〜、ルルルル〜

大《おお》きな歌声《うたごえ》が響《ひび》いた。
沙知子《さ ち こ》はあわてて後《うし》ろを振《ふ》り返《かえ》る。
「きゃあ！」

いつの間《ま》にか、顔《かお》に赤《あか》いタオルを巻《ま》いた案山子《かかし》が真後《まうし》ろに立《た》っていた。

「こないで！」

沙知子《さちこ》は案山子《かかし》を手《て》で払《はら》いのける。

その衝撃《しょうげき》で、顔《かお》の部分《ぶぶん》に巻《ま》かれていた赤《あか》いタオルが取《と》れた。


ウウゥ～、ウウゥゥ～


タオルの下《した》に、血《ち》だらけの男《おとこ》の人《ひと》の顔《かお》がある。

顔《かお》からは血《ち》が流《なが》れていて、その血《ち》が白《しろ》いTシャツを真《ま》っ赤《か》に染《そ》めていた。


ウウゥ～、ウウゥゥ～


「う、歌声《うたごえ》なんかじゃない……！」

先《さき》ほどから聞《き》こえていた声《こえ》は、案山子《かかし》のようになった血《ち》だらけの男《おとこ》の人《ひと》のうめき声《ごえ》だったのだ。

「お姉《ねえ》ちゃん、こっちも！」

沙彩《さあや》は横《よこ》に立《た》っていたへのへのもへじの案山子《かかし》を見《み》ていた。

タオルの下《した》から、若《わか》い男《おとこ》の人《ひと》の顔《かお》がのぞいている。

ウウゥ〜、ウウゥゥ〜

若《わか》い男《おとこ》の人《ひと》も、うめき声《ごえ》をもらしていた。


サクッ……、サクッ……、サクッ……


周《まわ》りの田《た》んぼから、稲《いね》を踏《ふ》む数《かぞ》え切《き》れないほどの足音《あしおと》が響《ひび》く。

見《み》ると、田《た》んぼに立《た》っていた何体《なんたい》もの案山子《かかし》が、一歩《ぽ》また一歩《ぽ》と、杭《くい》を地面《じめん》に突《つ》き刺《さ》しながら跳《は》ねるように動《うご》き、沙知子《さちこ》たちのもとへ迫《せま》ってきていた。

「いやあ！」

沙知子《さちこ》は沙彩《さあや》の手《て》を引《ひ》っぱると、あわてて逃《に》げ出《だ》そうとした。

「きゃあ！」

沙彩《さあや》が声《こえ》をあげる。

血《ち》だらけの男《おとこ》の人《ひと》が、十字《じゅうじ》に縛《しば》り付《つ》けられた手《て》で、沙彩《さあや》の服《ふく》の端《はし》をつかんでいたのだ。

「お姉《ねえ》ちゃん、助《たす》けて！」

「沙彩《さあや》！」

沙知子《さちこ》は男《おとこ》の人《ひと》の手《て》を外《はず》そうとするが、それよりも早《はや》く、誰《だれ》かに腕《うで》をつかまれた。


ウウゥ〜、ウウゥゥゥ〜


へのへのもへじの若《わか》い男《おとこ》の人《ひと》だ。

周《まわ》りの案山子《かかし》たちも、沙知子《さちこ》たちに迫《せま》る。

みな、木《き》にはりつけにされた人《ひと》たちである。

男《おとこ》の人《ひと》もいれば、女《おんな》の人《ひと》もいる。

老人《ろうじん》もいれば、子供《こども》までいた。

彼《かれ》らは、うらめしそうな表情《ひょうじょう》で沙知子《さちこ》たちを見《み》ながら、襲《おそ》いかかってきた。


「やめろ！」

誰《だれ》かが田《た》んぼに駆《か》け込《こ》んできた。

沙知子《さちこ》と沙彩《さあや》をつかんでいる案山子《かかし》たちの手《て》を無理《むり》やり外《はず》すと、ふたりを守《まも》るように立《た》ちふさがった。

あの白《しろ》いスエットを着《き》た少年《しょうねん》である。

「助《たす》けて！」

「分《わ》かってる。僕《ぼく》はそのために追《お》いかけてきたんだ！」

瞬間《しゅんかん》、少年《しょうねん》は腰《こし》につけた革製《かわせい》の白《しろ》いバッグの中《なか》から、何《なに》かを取《と》り出《だ》した。

それは、お札《ふだ》だった。


「お前《まえ》たちはこの世《よ》に存在《そんざい》するべきじゃない！　滅《めっ》せよ！」


少年《しょうねん》はそう言《い》うと、案山子《かかし》たちにむかって駆《か》け出《だ》した。

襲《おそ》いかかってくる案山子《かかし》たちをひらりとよけると、次々《つぎつぎ》とその身体《からだ》にお札《ふだ》を貼《は》っていく。

お札《ふだ》を貼《は》られた案山子《かかし》はとたんに動《うご》けなくなった。

「今《いま》のうちだ。逃《に》げるぞ！」

少年《しょうねん》は沙知子《さちこ》たちを見《み》る。

「沙彩《さあや》、行《い》こう！」

「う、うん！」

沙知子《さちこ》は沙彩《さあや》を連《つ》れ、少年《しょうねん》とともに田《た》んぼの外《そと》へと走《はし》った。


「ねえ、あれは何《なん》なんですか？」

山道《やまみち》を走《はし》りながら、沙知子《さちこ》は少年《しょうねん》に言《い》った。

「言《い》っただろう。田《た》んぼには都市伝説《としでんせつ》の怪物《かいぶつ》が潜《ひそ》んでいると。あれがそうだ」

「そんな、本当《ほんとう》にいるなんてありえない！」

「まだ信《しん》じられないのか？　君《きみ》たちは襲《おそ》われたんだぞ！」

「そ、それはそうだけど……」

沙知子《さちこ》は案山子《かかし》たちの姿《すがた》を思《おも》い出《だ》しゾッとした。

「もしかして、あれが……くねくね⁉」

沙彩《さあや》が言《い》っていたのとは随分違《ずいぶんちが》ったが、たぶんそうなのだろう。

すると、少年《しょうねん》が急《きゅう》に立《た》ち止《ど》まった。

「君《きみ》は、くねくねを知《し》っているのか！」

少年《しょうねん》は顔《かお》を沙知子《さちこ》の目《め》の前《まえ》まで近《ちか》づける。

「ちょっと、顔《かお》、近《ちか》いです！」

「す、すまない」

少年《しょうねん》は、一歩下《ぽさ》がると、改《あらた》めて沙知子《さちこ》を見《み》た。

「それで、君《きみ》たちはくねくねを見《み》たことあるのか？」

「あるって言《い》うか、さっきの案山子《かかし》がくねくねじゃないんですか？」

沙知子《さちこ》が答《こた》えると、少年《しょうねん》は急《きゅう》にガッカリしたような表情《ひょうじょう》を浮《う》かべた。

「なんだ、見《み》てないのか……」

「お兄《にい》ちゃん、どういうこと？」

沙彩《さあや》がたずねると、少年《しょうねん》は「いや、別《べつ》にいいんだ……」と力《ちから》なく答《こた》えた。

「さっきの怪物《かいぶつ》はくねくねじゃない。あれは『歌《うた》う案山子《かかし》』という怪物《かいぶつ》だ。歌《うた》う案山子《かかし》は、襲《おそ》った人間《にんげん》を自分《じぶん》と同《おな》じように案山子《かかし》にする。案山子《かかし》にされた人間《にんげん》はさらに他《ほか》の人間《にんげん》を襲《おそ》うようになるんだ」

「そんな……」

「あの田《た》んぼに怪物《かいぶつ》が潜《ひそ》んでいることを感《かん》じて、僕《ぼく》はこの1週間《しゅうかん》、現《あらわ》れるのをずっと待《ま》ってたんだ。だけど歌《うた》う案山子《かかし》だったなんて。今度《こんど》こそ、くねくねだと思《おも》ったのに」

どうやら少年《しょうねん》は、くねくねを探《さが》しているようだ。

(だけどどうして、くねくねなんかを……?)

沙知子《さちこ》はその理由《りゆう》がまったく分《わ》からなかった。

そのとき、茂《しげ》みの中《なか》から何《なに》かが飛《と》び出《だ》した。


ウウゥ～、ウウゥゥ～


歌《うた》う案山子《かかし》だ。

何体《なんたい》もの案山子《かかし》が茂《しげ》みから出《で》てくる。

「そんな! お札《ふだ》で退治《たいじ》したんじゃないんですか!?」

「お札《ふだ》は一時的《いちじてき》に動《うご》きを止《と》めるだけだ。僕《ぼく》は少《すこ》し霊感《れいかん》や霊力《れいりょく》があるだけで、怪物《かいぶつ》を退治《たいじ》することはできない」

「さっき『滅《めっ》せよ』とか言《い》ってましたよね？」

「あれはあくまで希望《きぼう》だ。そのほうがお札《ふだ》の効果《こうか》があると思《おも》って」

「えええ？」

少年《しょうねん》は頼《たよ》りになるのかならないのかさっぱり分《わ》からない。

沙知子《さちこ》たちはあっという間《ま》に案山子《かかし》たちに囲《かこ》まれてしまった。

「早《はや》く新《あたら》しいお札《ふだ》を！」

一時的《いちじてき》にでも動《うご》きを止《と》められれば、逃《に》げることができる。

しかし、少年《しょうねん》はバッグの中《なか》を見《み》ると、首《くび》を大《おお》きく横《よこ》に振《ふ》った。

「だめだ。もう1枚《まい》もない。予備《よび》はあるけど、自転車《じてんしゃ》に取《と》り付《つ》けたバッグの中《なか》なんだ」

「自転車《じてんしゃ》はどこにあるんですか？」

「この先《さき》に停《と》めている」

「じゃあ早《はや》く取《と》ってきて下《くだ》さい！」

「無理《むり》だ。僕《ぼく》は走《はし》るのが速《はや》くない。自転車《じてんしゃ》にたどり着《つ》く前《まえ》に案山子《かかし》たちに捕《つか》まってしまう」

「何冷静《なにれいせい》に分析《ぶんせき》してるんですか！」

やっぱり少年《しょうねん》は頼《たよ》りにならない。

「お姉《ねえ》ちゃん、怖《こわ》いよ！」

沙彩《さあや》は震《ふる》えながら沙知子《さちこ》にしがみついた。

「だ、大丈夫《だいじょうぶ》だから。……そうだ、警察《けいさつ》に電話《でんわ》をすれば！」

沙知子《さちこ》はスマホを持《も》っていたことを思《おも》い出《だ》し、電話《でんわ》をかけようとした。

しかし、電波《でんぱ》がなく、繋《つな》がらない。

「ああんもう、そんな！」

沙知子《さちこ》は沙彩《さあや》を抱《だ》きしめ、身構《みがま》えた。

すると、少年《しょうねん》がふたりを守《まも》るように、案山子《かかし》たちの前《まえ》に立《た》った。

「君《きみ》たちは僕《ぼく》が助《たす》ける。絶対《ぜったい》に諦《あきら》めない！」

「だけどどうやって？」

「それは分《わ》からない。分《わ》からないけど、僕《ぼく》はもう怪物《かいぶつ》に不幸《ふこう》にされる人間《にんげん》を見《み》たくないんだ！」

その言葉《ことば》に沙知子《さちこ》は驚《おどろ》く。

少年《しょうねん》は両手《りょうて》を広《ひろ》げ、迫《せま》りくる案山子《かかし》たちをにらむ。

案山子《かかし》たちは、そんな少年《しょうねん》に容赦《ようしゃ》なく襲《おそ》いかかろうとした。

「助《たす》けられないのなら、最初《さいしょ》からそんなことはしないほうがいい」
声《こえ》がした。
少年《しょうねん》たちを囲《かこ》んだ案山子《かかし》たちの後《うし》ろに、誰《だれ》かが立《た》っている。
風《かぜ》に吹《ふ》かれ、赤《あか》いフードがゆれている。
フシギだ。
少年《しょうねん》はフシギを見《み》て、目《め》を大《おお》きく見開《みひら》いた。
フシギは真《ま》っ赤《か》な手帳《てちょう》を取《と》り出《だ》す。
手帳《てちょう》のページを開《ひら》くと、案山子《かかし》たちに向《む》け、呪文《じゅもん》を唱《とな》えた。

「解《かい》」

次《つぎ》の瞬間《しゅんかん》、案山子《かかし》たちの上《うえ》に奇妙《きみょう》なマークが現《あらわ》れ、キラキラと輝《かがや》き、開《ひら》かれたページに反転《はんてん》して写《うつ》し取《と》られた。

案山子《かかし》たちはすべて消《き》えた。

「怪物《かいぶつ》が……封印《ふういん》された……？」

「どうなってるの……？」

「お姉《ねえ》ちゃん。私《わたし》たち助《たす》かったの……？」

フシギは呆然《ぼうぜん》とする3人《にん》をよそに、歩《ある》き始《はじ》める。

すると、少年《しょうねん》がフシギのもとへあわてて駆《か》け寄《よ》った。

「待《ま》て！　千野《せんの》フシギ――」

なぜか、少年《しょうねん》はフシギの名前《なまえ》を知《し》っている。

フシギが立《た》ち止《ど》まると、少年《しょうねん》は白《しろ》いフードを外《はず》した。

髪《かみ》が、風《かぜ》になびく。

髪《かみ》は、真《ま》っ白《しろ》だった。

少年《しょうねん》は大《おお》きな目《め》に怒《いか》りの感情《かんじょう》をこめ、フシギをにらみつけた。

「フシギサン、知《し》り合《あ》いですカ？」

スマホの中《なか》からＭ《モ》Ｏ《モ》ＭＯがたずねる。

フシギは少年《しょうねん》を見《み》て、首《くび》を小《ちい》さく横《よこ》にふった。

「ああ、初《はじ》めて会《あ》うからな。僕《ぼく》の名《な》は、相川雷太《あいかわらいた》。千野《せんの》フシギ、お前《まえ》はこの子《こ》のことを覚《おぼ》えているか——！」

雷太《らいた》はバッグの中《なか》から何《なに》かを取《と》り出《だ》そうとした。

しかし、ファスナーが噛《か》んでしまい、なかなか開《ひら》かない。

「こんなときに！」

苛立《いらだ》つ雷太《らいた》を無視《むし》して、フシギは歩《ある》き出《だ》す。

「ま、待《ま》て！」

雷太《らいた》は追《お》いかけようとするが、今度《こんど》は足《あし》が絡《から》まり、転《ころ》んでしまった。

「大丈夫《だいじょうぶ》ですか？」

沙知子《さちこ》がそばへと走《はし》る。

「だ、大丈夫《だいじょうぶ》だ」

雷太《らいた》は身体《からだ》を起《お》こして前方《ぜんぽう》を見《み》るが、フシギはすでにいなくなっていた。

「くそっ、せっかく会《あ》えたのに！」

「あの人《ひと》は誰《だれ》なんですか？」

「あいつは……、あいつは、僕《ぼく》の……」

雷太《らいた》は苦々《にがにが》しい表情《ひょうじょう》を浮《う》かべると、フシギが去《さ》って行《い》った山道《やまみち》をいつまでも見《み》つめていた。

4つ目《め》の町《まち》

窓《まど》辺《べ》の彼《かの》女《じょ》

窓《まど》の向《む》こうからいつも自分《じぶん》のことを見《み》てくれる誰《だれ》か。
友達《ともだち》になりたい、恋人《こいびと》になりたい。そう思《おも》うかもしれない。
でも声《こえ》をかけるまえに、それが本当《ほんとう》に人間《にんげん》かを確《たし》かめよう。
もしかするとこの世《よ》の人《ひと》ではないかもしれない……。

「え？　大《たい》ちゃんの家《いえ》の方《ほう》にあのコンビニができたの？　あそこのおでんと中華《ちゅうか》まん、おいしそうだよね」

中学《ちゅうがく》2年《ねん》の中西陽介《なかにしようすけ》は、黒縁《くろぶち》メガネを掛《か》け直《なお》しながら塾友達《じゅくともだち》の寺田大志《てらだたいし》にそう言《い》った。

「でしょ。行《い》ってみようよ。陽《よう》ちゃん」

授業《じゅぎょう》が終《お》わった塾《じゅく》の教室《きょうしつ》。陽介《ようすけ》は、大志《たいし》に新《あたら》しくできたコンビニに誘《さそ》われたのだ。

ふたりの住《す》む町《まち》は畑《はたけ》が点在《てんざい》する田舎町《いなかまち》で、そのコンビニチェーンは今《いま》まで一軒《いっけん》もなかった。

(行《い》きたい。ものすごーく行《い》きたい)

陽介《ようすけ》は思《おも》った。

でも、大志《たいし》の家《いえ》は自分《じぶん》の家《いえ》とは逆方向《ぎゃくほうこう》なので、寄《よ》り道《みち》をすると帰《かえ》りが遅《おそ》くなってしまう。

それに母親《ははおや》には「買《か》い食《ぐ》いはダメよ」ときつく言《い》われてもいた。

陽介《ようすけ》は同年代《どうねんだい》の平均《へいきん》よりも体重《たいじゅう》が上回《うわまわ》っているのである。

「これ以上太《いじょうふと》ると女《おんな》の子《こ》にもてないわよ」が母親《ははおや》の口癖《くちぐせ》だった。

自分《じぶん》でも小太《こぶと》りなのはわかっていた。だけど、運動《うんどう》が苦手《にがて》で食《た》べることが好《す》きだから仕方《しかた》がない。

だから「もてなくていいよ」と陽介《ようすけ》はいつも答《こた》えていた。

湯気《ゆげ》を上《あ》げるおでんと中華《ちゅうか》まんのCMが、陽介《ようすけ》の頭《あたま》に浮《う》かんだ。

(今夜《こんや》はお母《かあ》さんにどんなに反対《はんたい》されても、大《たい》ちゃんと一緒《いっしょ》にコンビニに行《い》くんだ！)

陽介《ようすけ》は決意《けつい》した。

そこで『補習《ほしゅう》がある』とスマホで嘘《うそ》のメッセージを母親《ははおや》に送《おく》った。

「陽《よう》ちゃんはスマホを持《も》っていいなぁ」

うらやましげに大志《たいし》が陽介《ようすけ》の手元《てもと》を見《み》た。

「でも、機能制限《きのうせいげん》されてて、ネットは使《つか》えないんだよネ」

そんな小《ちい》さな不満《ふまん》をもらしている間《あいだ》に『わかった。しっかり勉強《べんきょう》してきなさいよ。それと帰《かえ》りは気《き》をつけて』と母親《ははおや》からの返信《へんしん》がきた。

陽介《ようすけ》は「よし」と微笑《ほほえ》んだ。


その日《ひ》はこの冬《ふゆ》いちばんの寒《さむ》さだった。

町《まち》の中心《ちゅうしん》を通《とお》る道路《どうろ》は、夜《よる》でも車《くるま》が頻繁《ひんぱん》に行《い》き来《き》している。

普段《ふだん》は歩《ある》かない道《みち》を仲《なか》の良《よ》い友達《ともだち》に案内《あんない》されて歩《ある》くのは楽《たの》しかった。

見慣《みな》れぬ風景《ふうけい》を見回《みまわ》していた陽介《ようすけ》は、寂《さび》しい脇《わき》道《みち》の前《まえ》で立《た》ち止《ど》まった。

「どうしたの？」

大志《たいし》は陽介《ようすけ》を振《ふ》り返《かえ》った。

旧家《きゅうか》のひびの入《はい》った土塀《どべい》に挟《はさ》まれた細《ほそ》い道《みち》を、陽介《ようすけ》はじっと見《み》ていた。

「大《たい》ちゃん、この道《みち》を行《い》ったら僕《ぼく》の家《いえ》の近《ちか》くに出《で》るんじゃないかな」

大志《たいし》は首《くび》を横《よこ》に振《ふ》った。

「やめときなよ。この道《みち》は寂《さび》しいし途中《とちゅう》から急《きゅう》な坂《さか》になるんだよ。それに……」

そこで大志《たいし》は口《くち》をつぐんでしまった。

「それに……、何《なに》？」

「ううん、なんでもない」

大志《たいし》が再《ふたた》びスタスタと歩《ある》き出《だ》したので、陽介《ようすけ》は慌《あわ》てて追《お》いかけた。


「陽《よう》ちゃん、大変《たいへん》だ！」

コンビニに足《あし》を踏《ふ》み入《い》れるなり、大志《たいし》が声《こえ》を上《あ》げた。

店《みせ》は開店《かいてん》サービスで大《おお》にぎわい。

レジ前《まえ》に並《なら》んだお客《きゃく》たちが次々《つぎつぎ》におでんや中華《ちゅうか》まんを買《か》っていた。

「早《はや》く並《なら》ばないと売《う》り切《き》れちゃう！」

同時《どうじ》に同《おな》じ事《こと》を言《い》ったふたりの目《め》の前《まえ》で、ピザまんが売《う》り切《き》れた。

おでんのつみれとコンニャクも品切《しなぎ》れになった。

「大《たい》ちゃん、僕《ぼく》は肉《にく》まんとがんもどきがあれば大丈夫《だいじょうぶ》だよ」

陽介《ようすけ》はひやひやしながら足踏《あしぶ》みをした。

「僕《ぼく》はちくわぶと糸《いと》コンニャク、それにはんぺんがあればいいよ。最悪《さいあく》、中華《ちゅうか》まんはあきらめる」

大志《たいし》は泣《な》きそうになるのをこらえながら答《こた》えた。

陽介《ようすけ》と大志《たいし》は、目当《めあ》てのおでんだねと中華《ちゅうか》まんをゲットできた。

「やったぁ！」

小躍《こおど》りしながら外《そと》に出《で》ると、店《みせ》の角《かど》に置《お》かれたベンチに座《すわ》った。

陽介《ようすけ》は肉《にく》まん、大志《たいし》があんまんを2つに割《わ》ると、湯気《ゆげ》とともにおいしいにおいが立《た》ちのぼった。

「いただきます！」

ふたりは勢《いきお》いよくかぶりつき「おいしいね」と笑《わら》いあった。

次《つぎ》におでんの容器《ようき》を手《て》に取《と》った陽介《ようすけ》はふと疑問《ぎもん》を口《くち》にした。

「大《たい》ちゃん、今日《きょう》は塾《じゅく》の前《まえ》に夕飯《ゆうはん》を食《た》べてこなかったの？」

「食《た》べたよ。今夜《こんや》はお母《かあ》さんの手作《てづく》りハンバーグ。すごくおいしかった。陽《よう》ちゃんは？」

「僕《ぼく》も食《た》べてきたよ。カレーライス。おかわりもした。でも、お腹《なか》、減《へ》っちゃった」

「いくら食《た》べてもお腹《なか》が減《へ》っちゃうんだから人間《にんげん》って不思議《ふしぎ》だよね」

大志《たいし》の言葉《ことば》にうなずいた陽介《ようすけ》が「あ！」と小《ちい》さく悲鳴《ひめい》を上《あ》げた。

「何《なに》も見《み》えない！」

おでんの湯気《ゆげ》で陽介《ようすけ》の黒縁《くろぶち》メガネが曇《くも》ってしまったのだ。

それを見《み》て大志《たいし》が笑《わら》い、陽介《ようすけ》もつられて笑《わら》いながらメガネを拭《ふ》いた。

食《た》べ終《お》わったおでんの容器《ようき》や割《わ》り箸《ばし》をコンビニのゴミ箱《ばこ》に捨《す》てた。

スマホの時計《とけい》を見《み》た陽介《ようすけ》が「あ、大変《たいへん》だ」とつぶやく。

「何《なに》？」

「もう補習《ほしゅう》が終《お》わる時間《じかん》だ。急《いそ》いで帰《かえ》らないと嘘《うそ》ついたのがバレちゃう！」

焦《あせ》って大志《たいし》を見《み》た陽介《ようすけ》は「ごめん。またね」と告《つ》げ、歩《ある》いて来《き》た道《みち》を戻《もど》ろうとした。

すると「陽《よう》ちゃん」と呼《よ》び止《と》められた。

陽介《ようすけ》が振《ふ》り返《かえ》ると大志《たいし》が少《すこ》し心配《しんぱい》げな表情《ひょうじょう》で近《ちか》づいて来《き》た。

「あのさ、陽《よう》ちゃん。さっき通《とお》った道《みち》で帰《かえ》りなよ」

「え？　なんで？　そのつもりだけど……」

「それならいいけど……」

大志《たいし》の表情《ひょうじょう》を見《み》て、陽介《ようすけ》は小《ちい》さく眉《まゆ》を寄《よ》せる。

「こっちの道《みち》はよくわからないし、来《き》た道《みち》を通《とお》って帰《かえ》るよ」

それを聞《き》いた大志《たいし》は「そっか」とうなずいた。

「じゃ、また明後日《あさって》ね」

元気《げんき》に走《はし》り出《だ》した大志《たいし》の背中《せなか》に「またね」と陽介《ようすけ》も手《て》を振《ふ》った。

ふたりは1日《にち》おきの受講《じゅこう》コースを選《えら》んでいるので、次《つぎ》に会《あ》うのは明後日《あさって》だ。


田舎《いなか》といえども夜《よる》の国道《こくどう》には頻繁《ひんぱん》に車《くるま》が行《い》き交《か》っていた。

陽介《ようすけ》は、その歩道《ほどう》を急《いそ》いで歩《ある》く。

(さっきの大《たい》ちゃん、何《なに》か言《い》いたそうだったけど何《なん》だったんだろう?)

陽介《ようすけ》の顔《かお》に車《くるま》のライトがいくつも過《す》ぎる。

大志《たいし》の表情《ひょうじょう》を思《おも》い返《かえ》していたら、いつの間《ま》にか歩《ある》く速度《そくど》が遅《おそ》くなっていた。

陽介《ようすけ》はハッとしてスマホを取《と》り出《だ》して時刻《じこく》を見《み》た。

(ああ、急《いそ》がないとお母《かあ》さんに寄《よ》り道《みち》したのがバレちゃう。でも、走《はし》って息《いき》が荒《あら》くなったらそれも変《へん》に思《おも》われるよね)

陽介《ようすけ》は歩《ある》く速度《そくど》を上《あ》げた。

すると目《め》の前《まえ》に脇道《わきみち》が見《み》えてきた。

家《いえ》への近道《ちかみち》かもしれないが、暗《くら》くて不気味《ぶきみ》な細《ほそ》い道《みち》だ。

途中《とちゅう》に急《きゅう》な坂《さか》があると大志《たいし》は言《い》い、さらに何《なに》かを言《い》いかけて止《や》めてしまった。

（あのさ、陽《よう》ちゃん。さっき通《とお》った道《みち》で帰《かえ》りなよ）
大志《たいし》の言葉《ことば》はこの道《みち》を通《とお》るなという意味《いみ》だったのだろうか。
陽介《ようすけ》は脇道《わきみち》を眺《なが》めて小首《こくび》をかしげた。
（なんでここを通《とお》って帰《かえ》っちゃいけないんだろ？）
「ダメ」と言《い》われるとかえって行《い》ってみたくなる。
（この道《みち》は家《いえ》への近道《ちかみち》だ。そうに違《ちが》いない）
急《いそ》いで帰《かえ》らないとお母《かあ》さんに怪《あや》しまれる。
陽介《ようすけ》の足《あし》はすでに前《まえ》に踏《ふ》み出《だ》していた。

（どうしよう。大《たい》ちゃんの言《い》うとおりだった……）
高《たか》い塀《へい》に囲《かこ》まれた家《いえ》が続《つづ》く薄暗《うすぐら》い道《みち》を歩《ある》きながら、陽介《ようすけ》は後悔《こうかい》していた。
しばらくして塀《へい》が途切《とぎ》れると、今度《こんど》は真《ま》っ暗《くら》な畑《はたけ》が両脇《りょうわき》に広《ひろ》がった。
段々《だんだん》と心細《こころぼそ》くなってきた。

(やっぱりさっき通《とお》った道《みち》で帰《かえ》れば良《よ》かった)
さらに歩《ある》くと、雑木林《ぞうきばやし》を抜《ぬ》ける長《なが》い坂道《さかみち》にさしかかった。
(これが大《たい》ちゃんの言《い》っていた坂《さか》だな)
風《かぜ》が冬枯《ふゆが》れの林《はやし》をざわつかせた。
外気《がいき》がいっそう冷《つめ》たく感《かん》じられる。
陽介《ようすけ》は歩《ある》いてきた道《みち》を振《ふ》り返《かえ》った。
道《みち》の先《さき》は闇《やみ》にのまれていた。
車《くるま》の行《い》き交《か》う大通《おおどお》りは、もう見《み》えない。
(来《き》た道《みち》を戻《もど》るより、先《さき》に進《すす》んだ方《ほう》が早《はや》いよね)
坂道《さかみち》に向《む》き直《なお》った陽介《ようすけ》は意《い》を決《けっ》して、走《はし》り出《だ》した。
背負《せお》ったリュックの中《なか》の勉強道具《べんきょうどうぐ》がシャカシャカと音《おと》を立《た》てる。
荒《あら》い息《いき》をつきながら、長《なが》くて急《きゅう》な坂《さか》を必死《ひっし》に走《はし》る陽介《ようすけ》。
全身《ぜんしん》に汗《あせ》がにじんでくる。
ようやくのぼりきろうとした時《とき》だった。
「わぁっ!」

スポーツの苦手《にがて》な陽介《ようすけ》は前《まえ》のめりに転《ころ》んだ。

メガネが外《はず》れてしまい、慌《あわ》てて立《た》ち上《あ》がろうとしたら、そのはずみに足《あし》で踏《ふ》んづけてしまった。

レンズが割《わ》れた。

「ああ、もう……」

絶望的《ぜつぼうてき》な気分《きぶん》になって立《た》ち上《あ》がると、坂《さか》の上《うえ》に一軒《けん》の家《いえ》が見《み》えた。

建《た》てられてから1度《ど》も手入《てい》れをしていないのか、白壁《しらかべ》は黒《くろ》ずんでいた。

1階《かい》は真《ま》っ暗《くら》だったが、2階《かい》の窓《まど》には明《あ》かりが灯《とも》っていた。

陽介《ようすけ》はメガネなしでは細《こま》かいものが見《み》えない。

だが、2階《かい》の窓《まど》のそばに誰《だれ》かが立《た》っているのは分《わ》かった。

明《あ》かりを背《せ》にしているので、窓際《まどぎわ》の人《ひと》はシルエットになっていた。
長《なが》い髪《かみ》が風《かぜ》に揺《ゆ》れているようだ。
――女性《じょせい》だ。
顔《かお》は影《かげ》になっていてピンぼけで分《わ》からない。
だが、その視線《しせん》がこちらを見《み》ているのははっきり感《かん》じられた。
(転《ころ》んだ僕《ぼく》を心配《しんぱい》して見《み》てるのかな?　それともうるさかった?)
転《ころ》んだところを見《み》られたかと思《おも》うと恥《は》ずかしかった。
陽介《ようすけ》は隠《かく》れるように肩《かた》をすくめて家《いえ》の前《まえ》を通《とお》りすぎようとした。
気持《きも》ちは急《せ》いているけど、息《いき》が上《あ》がってしまって走《はし》る気力《きりょく》はない。
視界《しかい》がぼやけて足《あし》もともおぼつかない。
窓辺《まどべ》の彼女《かのじょ》を気《き》にして視線《しせん》を外《はず》したら再《ふたた》び転《ころ》んでしまいそうだ。
それなのに――。
どうしても彼女《かのじょ》が気《き》になった。
見《み》ないわけにいかない。
陽介《ようすけ》は再《ふたた》び見上《みあ》げた。

（あれ……？）

向《む》こうも身体《からだ》の向《む》きを変《か》えてこちらを見《み》ていた。

さっきは真後《まうし》ろに明《あ》かりを背負《せお》っていたので全《まった》く見《み》えなかった顔《かお》に、横《よこ》からの光《ひかり》がぼんやりと当《あ》たっていた。

長《なが》い髪《かみ》が風《かぜ》に揺《ゆ》れて、一瞬《いっしゅん》だったが口元《くちもと》がはっきりと見《み》えた。

メガネを掛《か》けていないのにはっきりと見《み》えた。

自分《じぶん》と同《おな》い年《どし》くらいの女《おんな》の子《こ》。

赤《あか》い口元《くちもと》に笑《え》みが浮《う》かんでいる。

陽介《ようすけ》を見《み》て微笑《ほほえ》んでいる。

（なぜ微笑《ほほえ》んでるの？）

陽介《ようすけ》の心《こころ》が引《ひ》き寄《よ》せられる。


ジリリ！　ジリリ！　ジリリ！

自分《じぶん》の部屋《へや》のベッドの上《うえ》で陽介《ようすけ》はハッと目覚《めざ》めた。

目覚《めざ》まし時計《どけい》が鳴《な》っている。

陽介《ようすけ》の手《て》がそれを止《と》めた。

目覚《めざ》まし時計《どけい》の隣《となり》に割《わ》れたメガネが置《お》かれていた。

陽介《ようすけ》は寝《ね》ぼけ眼《まなこ》でそれを見《み》た。

(昨夜《ゆうべ》のことを夢《ゆめ》で見《み》たんだ)


予備《よび》のメガネを掛《か》けた陽介《ようすけ》は、ぼんやりと朝食《ちょうしょく》を口《くち》に運《はこ》んだ。

「おい、陽介《ようすけ》。大丈夫《だいじょうぶ》か?」

隣《となり》に座《すわ》って一緒《いっしょ》に食事《しょくじ》をしていた父《ちち》が心配《しんぱい》そうにたずねた。

「昨日《きのう》、帰《かえ》ってきてからずっとこんな感《かん》じでぼーっとしてるのよ。メガネは壊《こわ》しちゃうし、熱《ねつ》でもあるんじゃない?」

母親《ははおや》が陽介《ようすけ》の額《ひたい》に手《て》を触《ふ》れようとしたが、彼《かれ》はそれを避《よ》けた。

「大丈夫《だいじょうぶ》だよ。熱《ねつ》なんてないよ」

そうなのだ。心配《しんぱい》をする必要《ひつよう》はない。

昨夜《ゆうべ》から彼女《かのじょ》のことばかりを考《かんが》えている以外《いがい》は大丈夫《だいじょうぶ》なのだ。

(どうして、僕《ぼく》のことを見《み》てたんだろう？　どうして、僕《ぼく》を見《み》て微笑《ほほえ》んでたんだろう？)

気《き》になって仕方《しかた》がない。

「行《い》ってきます」と家《いえ》を出《で》て登校《とうこう》する間《あいだ》もそれを考《かんが》えた。

学校《がっこう》の授業《じゅぎょう》も全《まった》く頭《あたま》に入《はい》らない。

「バイバイ」と同級生達《どうきゅうせいたち》に別《わか》れを告《つ》げた下校時《げこうじ》も、あの女《おんな》の子《こ》のことが心《こころ》に引《ひ》っかかっていた。

家《いえ》に帰《かえ》って宿題《しゅくだい》をしている間《あいだ》も、窓際《まどぎわ》にたたずんで微笑《ほほえ》む彼女《かのじょ》の姿《すがた》が頭《あたま》に浮《う》かぶ。

夕飯《ゆうはん》を食《た》べていてもあの女《おんな》の子《こ》が気《き》になってしまう。

(あの子《こ》、僕《ぼく》に何《なに》か言《い》おうとしてたのかな？)

今《いま》あの家《いえ》に行《い》けば、窓《まど》から自分《じぶん》を見下《みお》ろす彼女《かのじょ》にまた会《あ》える気《き》がした。

「昨日《きのう》、塾《じゅく》に忘《わす》れ物《もの》をしたのを思《おも》い出《だ》したんだ」

陽介《ようすけ》は親《おや》にそう嘘《うそ》をつくと、食事《しょくじ》も半《なか》ばで家《いえ》を出《で》た。

(きっと今《いま》なら窓辺《まどべ》に彼女《かのじょ》はいるはずだ)

そう思《おも》うより早《はや》く、陽介《ようすけ》は大通《おおどお》りに向《む》かって走《はし》りだした。

大通《おおどお》りを走《はし》り昨日《きのう》と同《おな》じ脇道《わきみち》に入《はい》った。

雑木林《ぞうきばやし》を抜《ぬ》ける坂道《さかみち》にさしかかると、走《はし》るのをやめて呼吸《こきゅう》を整《ととの》え、ゆっくりと歩《ある》き始《はじ》めた。

(いるよね……?)

いると信《しん》じて来《き》たものの、目《め》の前《まえ》まで来《く》ると不安《ふあん》になった。

胸《むね》がドキドキし始《はじ》めた。

意《い》を決《けっ》して坂《さか》の上《うえ》に建《た》つ彼女《かのじょ》の家《いえ》を見上《みあ》げた。


「あっ!」

2階《かい》の部屋《へや》の窓辺《まどべ》に、彼女《かのじょ》の姿《すがた》があった。

部屋《へや》の電灯《でんとう》を背《せ》にした、昨日《きのう》と同《おな》じシルエットだ。

(もしかして、僕《ぼく》が来《く》るのをずっと待《ま》ってたのかな?)

彼女《かのじょ》を見《み》つめたまま近《ちか》づくと、陽介《ようすけ》は予備《よび》のメガネを外《はず》した。

そのほうが、なぜか彼女《かのじょ》が鮮明《せんめい》に見《み》える気《き》がするのだ。

女《おんな》の子《こ》の髪《かみ》が風《かぜ》に揺《ゆ》れて赤《あか》い口元《くちもと》が見《み》える。

やはり微笑《ほほえ》んでいる。

陽介《ようすけ》は嬉《うれ》しくなった。

胸《むね》が高鳴《たかな》る。

陽介《ようすけ》は自分《じぶん》の本当《ほんとう》の気持《きも》ちに気《き》づいた。

(僕《ぼく》は彼女《かのじょ》に会《あ》いたかったんだ。この子《こ》に会《あ》いたかったんだ)

それに彼女《かのじょ》が微笑《ほほえ》んでいる理由《りゆう》もわかった。

(彼女《かのじょ》は僕《ぼく》のことが好《す》きなんだ!)

陽介《ようすけ》が会《あ》いたいと思《おも》っていたように、彼女《かのじょ》も陽介《ようすけ》に会《あ》いたいと思《おも》ってくれていたに違《ちが》いない。

だから、今日《きょう》も窓《まど》から外《そと》を見《み》ていたのだ。

(声《こえ》をかけてみようかな)

こういうときは男《おとこ》から声《こえ》をかけるべきだと、何《なに》かの本《ほん》で読《よ》んだことがある。

でも、「もてなくていいよ」と母親《ははおや》に口答《くちごた》えしてきた陽介《ようすけ》には恥《は》ずかし過《す》ぎる。

自分《じぶん》が女《おんな》の子《こ》と親《した》しくなるなんて考《かんが》えたこともなかった。

再《ふた》び女《おんな》の子《こ》の髪《かみ》が揺《ゆ》れて、優《やさ》しく微笑《ほほえ》んだ口元《くちもと》が見《み》えた。


フフフフッ。

突然《とつぜん》、笑《わら》い声《ごえ》が聞《き》こえた。

陽介《ようすけ》は息《いき》をのんで家《いえ》に歩《あゆ》み寄《よ》った。

フフッ、フフフフフッ。

吐息《といき》のような魅惑的《みわくてき》な笑《わら》い声《ごえ》が、冷《つめ》たい風《かぜ》に乗《の》って聞《き》こえてきた。
陽介《ようすけ》の胸《むね》はさらに高鳴《たかな》り、高揚感《こうようかん》に顔《かお》がほてった。
「ぼ……、僕《ぼく》の、僕《ぼく》の名《な》は……」
陽介《ようすけ》は名乗《なの》ろうとした。
そのとき、女《おんな》の子《こ》の背後《はいご》に人影《ひとかげ》が現《あらわ》れた。
同《おな》じように髪《かみ》の長《なが》い女性《じょせい》だ。
(あの子《こ》のお母《かあ》さん!?)
そう思《おも》った瞬間《しゅんかん》、陽介《ようすけ》は脱兎《だっと》のごとく走《はし》ってその場《ば》から逃《に》げた。

翌日《よくじつ》。

陽介《ようすけ》の頭《あたま》の中《なか》は彼女《かのじょ》のことでいっぱいだった。

デートに誘《さそ》う勇気《ゆうき》はないけれど、話《はなし》くらいはできるだろう。

しかし陽介《ようすけ》は、学校《がっこう》でも同級生《どうきゅうせい》の女《おんな》の子《こ》とろくにしゃべったことがない。

(何《なに》を話《はな》したらいいんだろう？)

自分《じぶん》の好《す》きな漫画《まんが》や小説《しょうせつ》の話《はなし》をしたり、ゲームを貸《か》し借《か》りして仲良《なかよ》くなるきっかけを掴《つか》むのはどうだろう。

(だけど、あの子《こ》のお母《かあ》さんはなんて言《い》うだろ？)

男《おとこ》の子《こ》と貸《か》し借《か》りするのなんて許《ゆる》してくれないかもしれない。

でも、彼女《かのじょ》もスマホやタブレットを持《も》っていれば、連絡先《れんらくさき》を交換《こうかん》してメッセージのやり取《と》りくらいはできるようになるかもしれない。

陽介《ようすけ》の夢《ゆめ》はふくらんだ。

(あ、しまった。あの子《こ》の名前《なまえ》は？　家《いえ》の表札《ひょうさつ》だけでも見《み》ておくんだった)

そんな事《こと》を考《かんが》えて学校《がっこう》での時間《じかん》を過《す》ごし、今《いま》は塾《じゅく》に来《き》ていた。

(塾《じゅく》が終《お》わったらすぐにあの子《こ》の家《いえ》に行《い》って名前《なまえ》をたずねよう。きっとあの子《こ》は僕《ぼく》を待《ま》っている

はず）

「何笑《なにわら》ってんだよ？」と声《こえ》がした。

見《み》ると大志《たいし》が立《た》っていた。

「思《おも》い出《だ》し笑《わら》い？　何《なに》か良《い》いことあった？」

「あ、大《たい》ちゃん、うん……」

「一昨日《おととい》のコンビニ、楽《たの》しかったね。今日《きょう》も行《い》かない？　まだ開店《かいてん》サービスをやってるよ」

「あ、うん、今日《きょう》はちょっと……」

大志《たいし》は少《すこ》し驚《おどろ》いて陽介《ようすけ》をのぞきこんだ。

「何《なに》か用《よう》があるの？」

陽介《ようすけ》を見《み》つめる大志《たいし》の表情《ひょうじょう》は寂《さび》しげに変《か》わり始《はじ》める。

（どうしよう？）

陽介《ようすけ》はひどく困《こま》った。

中学入学《ちゅうがくにゅうがく》と同時《どうじ》にこの塾《じゅく》に入《はい》り、大志《たいし》と知《し》り合《あ》った。

それから今《いま》まで彼《かれ》の誘《さそ》いを断《ことわ》ったことはなかった。

もしかすると『親友《しんゆう》』というのは大志《たいし》みたいな友達《ともだち》のことをいうのかもしれない。

「あのさ、実《じつ》は、一昨日《おととい》の夜《よる》なんだけど……」

陽介《ようすけ》は『親友《しんゆう》』に嘘《うそ》はつけないと思《おも》った。


陽介《ようすけ》は車《くるま》の行《い》き交《か》う道路《どうろ》を必死《ひっし》に走《はし》っていた。

（大《たい》ちゃん、ひどい！　大《たい》ちゃんの話《はなし》は信《しん》じられない！）

さっきまで親友《しんゆう》だと思《おも》っていた友達《ともだち》を心《こころ》の中《なか》でののしりながら陽介《ようすけ》は走《はし》った。

陽介《ようすけ》の頭《あたま》の中《なか》では大志《たいし》から聞《き》いたひどい話《はなし》が繰《く》り返《かえ》されていた。


「陽《よう》ちゃん、なんであの道《みち》を行《い》ったの？」

「なんでって言《い》われても……」

「最近《さいきん》、僕《ぼく》の家《いえ》の近所《きんじょ》の人《ひと》は、雑木林《ぞうきばやし》を抜《ぬ》けるあの坂道《さかみち》には近《ちか》づかないんだよ」

「え？　どうして？」

「あの家《いえ》に変《へん》な噂《うわさ》があるんだ……」

「変《へん》な噂《うわさ》……？」

「女《おんな》の子《こ》の幽霊《ゆうれい》が出《で》るらしい」

陽介《ようすけ》は理解《りかい》できずに大志《たいし》をにらんだ。

怒鳴《どな》りたい気持《きも》ちになるのを抑《おさ》えて言葉《ことば》を投《な》げかける。

「じゃ、僕《ぼく》に微笑《ほほえ》んできたあの子《こ》は⁉　綺麗《きれい》な声《こえ》で笑《わら》ったあの子《こ》は⁉　彼女《かのじょ》はなんなの⁉」

「そんなの分《わ》からないよ。でも、おかしいよ。メガネ掛《か》けないとホワイトボードの文字《もじ》も読《よ》めないのに、どうして2階《かい》にいる女《おんな》の子《こ》が笑《わら》ってるのが分《わ》かるの？」

「分《わ》かるものは、分《わ》かるんだよ！」

「陽《よう》ちゃんは、おかしいよ！」

「おかしいのは、大《たい》ちゃんだよ！　ひどいよ！　ひどい！」

そう言《い》い放《はな》って陽介《ようすけ》は、塾《じゅく》の教室《きょうしつ》を飛《と》び出《だ》したのだ。

そして今《いま》、陽介《ようすけ》はあの子《こ》の家《いえ》に向《む》かって大通《おおどお》りを走《はし》っていた。

「ひどいよ、大《たい》ちゃんはひどいよ！」

走《はし》る陽介《ようすけ》は涙声《なみだごえ》でつい叫《さけ》んでしまう。

「やめといたほうがいい。彼女《かのじょ》に会《あ》うのは」

その声《こえ》がしたのは大通《おおどお》りから脇道《わきみち》に曲《ま》がろうとした時《とき》だった。

振《ふ》り返《かえ》ると、赤《あか》いフードを被《かぶ》った少年《しょうねん》がひびの入《はい》った土塀《どべい》に寄《よ》りかかるように立《た》っていた。

「彼女《かのじょ》に会《あ》うとキミは必《かなら》ず不幸《ふこう》になる」

「君《きみ》はだれ？」

陽介《ようすけ》は少年《しょうねん》が何《なに》を言《い》っているのか分《わ》からなかった。

彼女《かのじょ》と同《おな》じ学校《がっこう》の生徒《せいと》だろうか。

「もしかして、君《きみ》は彼女《かのじょ》の同級生《どうきゅうせい》？」

少年《しょうねん》はゆっくりと陽介《ようすけ》に歩《あゆ》み寄《よ》ってきた。

「彼女《かのじょ》のことを知《し》っているから忠告《ちゅうこく》したんだ」

「彼女《かのじょ》のことを知《し》っている？　それってもしかし

て──」
陽介《ようすけ》は、この少年《しょうねん》も大志《たいし》と同《おな》じ事《こと》を言《い》うのだろうと思《おも》った。
(だったら嘘《うそ》つきだ！)
陽介《ようすけ》は少年《しょうねん》をにらんだ。
「僕《ぼく》がどうしようと君《きみ》には関係《かんけい》ないだろ！」
陽介《ようすけ》は少年《しょうねん》を尻目《しりめ》にその場《ば》から走《はし》り去《さ》った。
その背中《せなか》を見送《みおく》った少年《しょうねん》は、「これじゃ回収《かいしゅう》できないな」と静《しず》かにつぶやいた。

(彼女《かのじょ》は今夜《こんや》もきっと僕《ぼく》を見《み》て微笑《ほほえ》んでくれる！)
陽介《ようすけ》は路地《ろじ》を走《はし》り、雑木林《ぞうきばやし》を抜《ぬ》ける長《なが》い坂《さか》を必死《ひっし》に駆《か》けのぼる。
坂《さか》の上《うえ》を見《み》すえながら走《はし》る。
彼女《かのじょ》の家《いえ》が見《み》える。
2階《かい》の窓《まど》には──。
暗《くら》くて何《なに》も見《み》えなかった。
メガネをかけたり外《はず》したりしてみたが、明《あ》かりが消《き》えていて何《なに》も見《み》えない。

キイイー！

家《いえ》の正面《しょうめん》に回《まわ》った陽介《ようすけ》が、さび付《つ》いた柵状《さくじょう》の鉄門《てつもん》を押《お》すと、冷《つめ》たい悲鳴《ひめい》をあげて開《ひら》いた。

玄関《げんかん》ドアの前《まえ》まで入《はい》った陽介《ようすけ》は、小《ちい》さな呼《よ》び鈴《りん》に気《き》づいた。

（もし大《たい》ちゃんの言《い》うことが本当《ほんとう》だったら……）

一瞬《いっしゅん》不安《ふあん》になりゴクリとのどを鳴《な》らす。

（いや、あの子《こ》が幽霊《ゆうれい》のはずがない）

陽介《ようすけ》は勇気《ゆうき》をふりしぼって、呼《よ》び鈴《りん》を押《お》した。

「は……い……」

しばらくすると、玄関《げんかん》に明《あ》かりが付《つ》き、ドアがゆっくりと開《ひら》いた。

半分《はんぶん》開《ひら》いたドアの隙間《すきま》から、女性《じょせい》が顔《かお》を出《だ》す。

暗《くら》くて顔《かお》がよく見《み》えないが、おそらく母親《ははおや》だろう。

「あの、２階《かい》にいる女《おんな》の子《こ》に会《あ》いたいんですけど」

「……あなたね」

「え？」

「……娘《むすめ》が待《ま》ってるわ」

「え？　本当《ほんとう》ですか？」

「もちろんです」

（なんだ、ほら、やっぱり大《たい》ちゃんは嘘《うそ》つきだ）

陽介《ようすけ》は「おじゃまします」と言《い》うと、靴《くつ》を脱《ぬ》ぎ、家《いえ》へあがった。

「あの子《こ》は自分《じぶん》の部屋《へや》にいるわ」

母親《ははおや》はゆっくりと階段《かいだん》の上《うえ》を指差《ゆびさ》した。

「ありがとうございます！」

陽介《ようすけ》は一礼《いちれい》すると、階段《かいだん》をのぼった。

（やっと、彼女《かのじょ》に会《あ》える）

緊張《きんちょう》で胸《むね》が張《は》り裂《さ》けそうだ。

彼女《かのじょ》と会《あ》えるのが嬉《うれ》しかった。

陽介《ようすけ》が２階《かい》の部屋《へや》の前《まえ》に着《つ》くと、ドアが音《おと》もなく開《ひら》いた。

「え？」

陽介《ようすけ》は戸惑《とまど》いつつ部屋《へや》の中《なか》をのぞいた。

「あの、おじゃまします……」

ゆっくりと足《あし》を踏《ふ》み入《い》れる。

部屋《へや》の中《なか》は暗《くら》い。

「あの……」

ベッドの向《む》こう側《がわ》の窓《まど》の前《まえ》に、月明《つきあ》かりに照《て》らされた女《おんな》の子《こ》の後《うし》ろ姿《すがた》があった。

彼女《かのじょ》だ！

今《いま》までと同《おな》じように窓《まど》の外《そと》を見《み》ている。

「あの、僕《ぼく》に笑《わら》いかけてくれてたよね」

彼女《かのじょ》の背《せ》は何《なに》も答《こた》えない。

「ぼ……僕《ぼく》、こんな風《ふう》に女《おんな》の子《こ》に話《はな》しかけるのは初《はじ》めてなんだ。だから、うまく話《はな》せないけど……。でも……、きっと僕《ぼく》と君《きみ》は仲良《なかよ》くできると思《おも》うんだ」

陽介《ようすけ》は、青白《あおじろ》い月明《つきあ》かりに照《て》らされた彼女《かのじょ》のそばへ歩《あゆ》み寄《よ》った。

違和感《いわかん》を持《も》ったのはその時《とき》だった——。

「えっ」

彼女《かのじょ》の頭《あたま》が不自然《ふしぜん》に揺《ゆ》れている。

ハッとして陽介《ようすけ》は下《した》を見《み》た。

彼女《かのじょ》の足《あし》もとは暗《くら》かった。

窓下《まどした》の壁《かべ》が月光《げっこう》をさえぎっていたからだ。

でも、裸足《はだし》のつま先《さき》が床《ゆか》から浮《う》いてだらしなく揺《ゆ》れているのがわかった。

（あの『振《ふ》り子《こ》』の名前《なまえ》はなんだっけ？）

全身《ぜんしん》に鳥肌《とりはだ》が立《た》っているのになぜかそんなことが陽介《ようすけ》の頭《あたま》に浮《う》かんだ。

地元《じもと》の宇宙科学館《うちゅうかがくかん》に行《い》ったときに見《み》た、大《おお》きな振《ふ》り子《こ》。

（長《なが》いロープに吊《つる》された大《おお》きな重《おも》りが付《つ》いた、あれの名前《なまえ》はなんだっけ？）

陽介《ようすけ》はそんなことを考《かんが》えながら彼女《かのじょ》の顔《かお》に視線《しせん》を移《うつ》した。

不自然《ふしぜん》に揺《ゆ》れる身体《からだ》は、首元《くびもと》から伸《の》びるロープに支《ささ》えられていた。

見上《みあ》げるとロープの端《はし》が天井《てんじょう》のはりに縛《しば》られていた。

（そうだ、思《おも》い出《だ》した。『フーコーの振《ふ》り子《こ》』だ。地球《ちきゅう》の自転《じてん》の力《ちから》でゆっくり動《うご》く振《ふ》り子《こ》）

彼女《かのじょ》の身体《からだ》は『フーコーの振《ふ》り子《こ》』のようにゆらゆらと揺《ゆ》れていた。

窓辺《まどべ》で首《くび》を吊《つ》っていたのだ。

「私《わたし》、信《しん》じてたわ」

ビクッと身体《からだ》をすくめて陽介《ようすけ》は振《ふ》り返《かえ》った。

「信《しん》じてたの。あなたみたいな人《ひと》が来《き》てくれるのを。だから毎日《まいにち》、娘《むすめ》にお化粧《けしょう》をしてあげたの」

開《ひら》いたドアの前《まえ》に、いつの間《ま》にか母親《ははおや》が立《た》っていた。

陽介《ようすけ》はのっぴきならない状態《じょうたい》だとやっと実感《じっかん》した。

全身《ぜんしん》から血《ち》の気《け》が引《ひ》き、凍《こお》り付《つ》いた。

青《あお》ざめた陽介《ようすけ》の耳《みみ》に、地獄《じごく》から這《は》い上《あ》がってくるような笑《わら》い声《ごえ》が響《ひび》いた。


フフフッ！　フフフフッッッ！


向《む》き直《なお》ると、首《くび》を吊《つ》った少女《しょうじょ》の顔《かお》が陽介《ようすけ》の目《め》の前《まえ》にあった。

目《め》がくぼみ、どす黒《ぐろ》い皮膚《ひふ》の皺《しわ》だらけの顔《かお》。

ミイラだ。

だが、唇《くちびる》だけが赤《あか》い。

それが不気味《ぶきみ》に笑《わら》っていた。

「ううわぁ！　うううわわわぁぁぁぁ!!」


赤《あか》いフードを被《かぶ》った少年《しょうねん》が坂道《さかみち》をのぼってきた。

そこには朽《く》ち果《は》てた一軒家《いっけんや》がある。

「友達《ともだち》を作《つく》れずに自殺《じさつ》した娘《むすめ》と、その死《し》を受《う》け入《い》れられず後《あと》を追《お》った母親《ははおや》。ヒミツたちがその親《おや》子《こ》の噂《うわさ》を蘇《よみがえ》らせるとはな」

少年《しょうねん》がそう言《い》うと、ポケットがブルブルと震《ふる》えて、スマホが出《で》てきた。

「それにしてもあの少年《しょうねん》、忠告《ちゅうこく》したのに行《い》ってしまうなんテ。人間《にんげん》の行動《こうどう》は予測《よそく》できませン」

画面《がめん》の中《なか》のピンクのネコのキャラクターが、少年《しょうねん》に言《い》う。

「予測《よそく》できないのが人間《にんげん》だ。それが闇《やみ》となり都市伝説《としでんせつ》が生《う》まれる」

少年《しょうねん》は風《かぜ》にざわめく雑木林《ぞうきばやし》を背《せ》に、夜《よる》の闇《やみ》に消《き》えていった。

5つ目《め》の町《まち》

ドッペルゲンガー

世《よ》の中《なか》には、自分《じぶん》がもうひとりいるという。
そのもうひとりの自分《じぶん》のことをドッペルゲンガーという。
だがそれを探《さが》してはいけない。
もうひとりの自分《じぶん》を見《み》た本人《ほんにん》は死《し》んでしまうというのだ。

「わ〜、積《つ》もってる〜」

朝《あさ》。中学《ちゅうがく》1年生《ねんせい》の島田昌美《しまだまさみ》は、目《め》を覚《さ》ますと、自分《じぶん》の部屋《へや》の窓《まど》から外《そと》を眺《なが》めた。

昨日《きのう》の夜遅《よるおそ》くに降《ふ》り始《はじ》めた雪《ゆき》が、町《まち》を白銀《はくぎん》の世界《せかい》に変《か》えていた。

「そうだ、手袋《てぶくろ》あったよね」

昌美《まさみ》は去年《きょねん》、クリスマスプレゼントにピンクの手袋《てぶくろ》を買《か》ってもらったことを思《おも》い出《だ》した。

「たしかクローゼットの中《なか》に……」

クローゼットの中《なか》に置《お》かれたプラスチックケースをひとつひとつ開《あ》けて、手袋《てぶくろ》を探《さが》す。

やがて、いちばん奥《おく》にあったケースの中《なか》から、手袋《てぶくろ》を見《み》つけ出《だ》した。

「あっ、もうこんな時間《じかん》!」

手袋《てぶくろ》を探《さが》しているうちに、すっかり時間《じかん》が経《た》ってしまった。

昌美《まさみ》はあわてて部屋《へや》を出《で》ると、階段《かいだん》を駆《か》け降《お》りた。

「おはよう!」

1階《かい》のリビングにやってくると、昌美《まさみ》は台所《だいどころ》で食器《しょっき》を洗《あら》っていた母親《ははおや》に挨拶《あいさつ》をして、食卓《しょくたく》の自《じ》分《ぶん》の席《せき》に座《すわ》った。

しかし、いつもは用意《ようい》されているはずの朝食《ちょうしょく》が、なぜか置《お》かれていない。

「お母《かあ》さん、早《はや》く朝《あさ》ご飯《はん》出《だ》して。遅刻《ちこく》しちゃうよ」

昌美《まさみ》がそう言《い》うと、母親《ははおや》が顔《かお》をこちらに向《む》けた。

「昌美《まさみ》、何《なに》言《い》ってるの？　あなた、さっき食《た》べたじゃない」

「えっ？」

母親《ははおや》の手《て》には、洗《あら》いかけの昌美《まさみ》のマグカップがあった。

「私《わたし》、今《いま》部屋《へや》から降《お》りてきたんだけど……」

「はいはい。いいから、ほんとに遅刻《ちこく》しちゃうわよ」

母親《ははおや》は呆《あき》れ顔《がお》で、再《ふた》び食器《しょっき》を洗《あら》い始《はじ》めた。

「もお〜、朝《あさ》から最悪《さいあく》だったよ」

学校《がっこう》。１時間目《じかんめ》のあとの休《やす》み時間《じかん》。

昌美《まさみ》は教室《きょうしつ》の机《つくえ》に座《すわ》り、親友《しんゆう》の野口理子《のぐちりこ》に朝《あさ》の出来事《できごと》を話《はな》していた。

結局《けっきょく》、朝食《ちょうしょく》を食《た》べずに、学校《がっこう》へ行《い》くことになってしまったのだ。

「もしかして、朝食《ちょうしょく》のパンがなかったんじゃないの？」

「どういうこと？」

「昌美《まさみ》のお母《かあ》さん、パンを買《か》い忘《わす》れてたから、もう食《た》べたでしょってごまかしたんじゃないのかな？」

「あ〜、なるほど。たしかにそうかも」

理子《りこ》の推理《すいり》に、昌美《まさみ》は妙《みょう》に納得《なっとく》した。

「まったく〜、帰《かえ》ったら、お母《かあ》さんに文句《もんく》言《い》わなきゃだね！」


「あれ？　島田《しまだ》、なんでここにいるんだ？」

クラスメイトの尾形謙介《おがたけんすけ》がそばにやってきた。

「なんでって、ここ、私《わたし》の席《せき》だよ」

「いや、そうじゃなくてさ。お前《まえ》、さっき、外《そと》に出《で》て行《い》ったよな？」

「はあ？」

尾形《おがた》は、先《さき》ほどトイレをすませ、教室《きょうしつ》に戻《もど》ろうと廊下《ろうか》を歩《ある》いていた。

その途中《とちゅう》で、教室《きょうしつ》のほうから歩《ある》いてきた昌美《まさみ》とすれ違《ちが》ったのだという。

昌美《まさみ》はそのまま校舎《こうしゃ》を出《で》ると、外《そと》へ出《で》て行《い》ったというのだ。

「何《なに》それ？　私《わたし》ずっとここにいたけど」

「そうだよ。私《わたし》と一緒《いっしょ》にいたよ」

「あれ？　俺《おれ》、見間違《みまちが》えたのかなあ？　どう見《み》ても島田《しまだ》だと思《おも》ったんだけど」

尾形《おがた》は首《くび》をかしげた。


放課後《ほうかご》。

昌美《まさみ》は理子《りこ》と一緒《いっしょ》に帰《かえ》っていた。

雪《ゆき》はやんだものの、冷《つめ》たい風《かぜ》が吹《ふ》いている。

「今日《きょう》は1日《にち》、なんか変《へん》な気分《きぶん》だったよ」

昌美《まさみ》は手袋《てぶくろ》をつけた手《て》で頬《ほお》を温《あたた》めながら、理子《りこ》に言《い》った。

母親《ははおや》に変《へん》なことを言《い》われ、さらに尾形《おがた》にも同《おな》じようなことを言《い》われたのだ。

「まあ、昌美《まさみ》って顔《かお》も体型《たいけい》も普通《ふつう》だから、尾形《おがた》くん、誰《だれ》かと見間違《みまちが》えたのかもね」

「ちょっと理子《りこ》、そんな言《い》い方《かた》ってひどくない？　でも、たしかにそうかも」

「だけど、昌美《まさみ》のお母《かあ》さんが間違《まちが》えるのは変《へん》だよねえ」

「うん。家《いえ》だったし。お母《かあ》さん、嘘《うそ》ついてるのかな？」

「やっぱり、昌美《まさみ》のお母《かあ》さん、パンを買《か》い忘《わす》れたんだよ。で、尾形《おがた》くんのは見間違《みまちが》い。たまたま似《に》たようなことが重《かさ》なっただけだよ」

理子《りこ》はそう言《い》うが、昌美《まさみ》は納得《なっとく》できなかった。

そのとき、道路《どうろ》の向《む》こうから、1台《だい》の軽《けい》トラックが走《はし》ってきた。

商店街《しょうてんがい》にある酒屋《さかや》の、配達用《はいたつよう》の車《くるま》だ。

昌美《まさみ》の家《いえ》にも毎週配達《まいしゅうはいたつ》にきてくれるので、店主《てんしゅ》のおじさんとは顔《かお》なじみだった。

昌美《まさみ》は運転《うんてん》しているおじさんと目《め》が合《あ》うと、頭《あたま》をさげて挨拶《あいさつ》をした。

すると、軽《けい》トラックが真横《まよこ》で停車《ていしゃ》した。

おじさんは、驚《おどろ》いた様子《ようす》で助手席《じょしゅせき》の窓《まど》を開《あ》け、身《み》を乗《の》り出《だ》して、口《くち》を開《ひら》いた。

「昌美《まさみ》ちゃん、どうやって移動《いどう》したんだい？」

「移動《いどう》？」

「今《いま》、ゾウの公園《こうえん》で、ひとりでブランコをこいでただろ？」

「えええ？」

ゾウの公園《こうえん》とは、この先《さき》にあるゾウのすべり台《だい》が置《お》かれた小《ちい》さな公園《こうえん》のことだ。

「こんな寒《さむ》い日《ひ》にブランコをこいでるから、風邪《かぜ》ひくんじゃないかって心配《しんぱい》してたんだぞ」

「私《わたし》、公園《こうえん》なんか行《い》ってない」

学校《がっこう》を出《で》てから、どこにも寄《よ》り道《みち》などしていない。

ましてや、ゾウの公園《こうえん》など、中学生《ちゅうがくせい》になってから1度《ど》も行《い》っていない。

「たぶん、見間違《みまちが》いだよ」

昌美《まさみ》は、おじさんが尾形《おがた》と同《おな》じように誰《だれ》かと勘違《かんちが》いしたのだと思《おも》った。

しかし、おじさんは「そんなことないよ」と答《こた》えた。

「だって、心配《しんぱい》になっておじさんが車《くるま》の中《なか》から「昌美《まさみ》ちゃん」って声《こえ》をかけたら、笑《わら》いながら、手《て》を振《ふ》ったんだよ」


「何《なに》それ……」

昌美《まさみ》は背筋《せすじ》に冷《つめ》たいものを感《かん》じた。

となりで話《はなし》を聞《き》いていた理子《りこ》も、こわばった表情《ひょうじょう》をしている。

「理子《りこ》、公園《こうえん》に行《い》ってみよう！」

「うん！」

昌美《まさみ》は誰《だれ》かが自分《じぶん》のふりをしてイタズラしているのではと思《おも》い、あわてて公園《こうえん》へ走《はし》った。

1分《ぷん》もかからないうちに、ふたりは公園《こうえん》に到着《とうちゃく》した。

ブランコのほうを見《み》る。

だが、すでに誰《だれ》もいなかった。

「おじさん、今見《いまみ》たって言《い》ってたよね？」

昌美《まさみ》の言葉《ことば》に、理子《りこ》はうなずく。

公園《こうえん》には人《ひと》の姿《すがた》はない。

わずかな間《あいだ》に、どこかへ行《い》ってしまったのだろうか。

ブランコは、ゆらゆらと揺《ゆ》れていた。

「これって、風《かぜ》が吹《ふ》いてるから揺《ゆ》れてるのかな？」

「違《ちが》うと思《おも》うよ。だって、こっちのブランコは揺《ゆ》れてないもん」

理子《りこ》にそう言《い》われ、昌美《まさみ》は隣《となり》のブランコを見《み》た。

たしかに、理子《りこ》の言《い》う通《とお》り、もう1台《だい》のブランコはまったく揺《ゆ》れていない。

「じゃあ、このブランコにさっきまで誰《だれ》かがいたってこと？」

ブランコの座面《ざめん》には雪《ゆき》が積《つ》もっていたが、揺《ゆ》れているほうのブランコは、板《いた》の上《うえ》の雪《ゆき》が押《お》しつぶされていた。

誰《だれ》かが座《すわ》った跡《あと》が、はっきりと残《のこ》っていたのだ。

「一体《いったい》、誰《だれ》が座《すわ》ってたの……？」

「お母《かあ》さん聞《き》いて、今日《きょう》はなんだかずっと変《へん》なの！」

家《いえ》へ帰《かえ》ってきた昌美《まさみ》は、すぐに台所《だいどころ》にいる母親《ははおや》のもとへむかった。

「どうしたの？」

「あのね――」

昌美《まさみ》は学校《がっこう》であったこと、そして公園《こうえん》での出来事《できごと》を話《はな》した。

「また、冗談《じょうだん》を言《い》ってるの？」

「そうじゃないってば！」

昌美《まさみ》は泣《な》きたいのをこらえながら声《こえ》をあららげた。

さすがに母親《ははおや》も、そんな昌美《まさみ》を見《み》てただごとではないと思《おも》ったようだ。

「何《なに》がどうなっているか分《わ》からないけど心配《しんぱい》はいらないわ。何《なに》かあったら、お母《かあ》さんが守《まも》ってあげるから」

「何《なに》かって？」

「それは分《わ》からないけど、昌美《まさみ》はこの世界《せかい》にひとりしかいないでしょう」

「うん……」

なんだかホッとする。

昌美《まさみ》は笑顔《えがお》になった。

そんな昌美《まさみ》を見《み》て、母親《ははおや》も微笑《ほほえ》む。

「そうそう、洗濯物《せんたくもの》を取《と》り込《こ》まなくちゃ。おやつはあとで出《だ》すからね」

「うん、ありがと」

母親《ははおや》は台所《だいどころ》を出《で》ると、階段《かいだん》をのぼり、洗濯物《せんたくもの》を干《ほ》している2階《かい》の寝室《しんしつ》へとむかった。

昌美《まさみ》は母親《ははおや》を見送《みおく》ると、冷蔵庫《れいぞうこ》からジュースを取《と》り出《だ》し、コップに注《そそ》いだ。


「あら、もう帰《かえ》ってたの？」


「えっ？」

見《み》ると、玄関《げんかん》に母親《ははおや》が立《た》っていた。

母親《ははおや》はスーパーの袋《ふくろ》を手《て》にさげている。

「お母《かあ》さん、洗濯物取《せんたくものと》りに行《い》ったんじゃないの？」

「何言《なにい》ってるの？　お母《かあ》さん、今《いま》、買《か》い物《もの》から帰《かえ》ってきたところよ」

「そんな……」

昌美《まさみ》はあわてて２階《かい》へと駆《か》け上《あ》がった。

そして、母親《ははおや》がむかったはずの寝室《しんしつ》を見《み》る。

しかし、そこには誰《だれ》もいなかった。

「こんなの、ありえないよ……」

昌美《まさみ》はその場《ば》で呆然《ぼうぜん》と立《た》ち尽《つ》くしてしまった。


「お母《かあ》さんがふたりねえ」

夜《よる》。夕食《ゆうしょく》を食《た》べながら、父親《ちちおや》が言《い》った。

「ほんとに見《み》たの。お母《かあ》さんだけじゃない。もうひとりの私《わたし》もゾウの公園《こうえん》にいたらしくて」

「そんなことあるわけないでしょ。おかしな子《こ》ね」

「昌美《まさみ》、お母《かあ》さんを怖《こわ》がらせようと思《おも》ったのかい？　だったら、もう少《すこ》し上手《じょうず》な嘘《うそ》をつかないとな」

父親《ちちおや》はそう言《い》うと、楽《たの》しげに笑《わら》った。

（ほんとに見《み》たのに……）

これ以上《いじょう》言《い》っても信《しん》じてもらえない。

昌美《まさみ》は口《くち》をつぐむことにした。

「そう言《い》えば」

ふと、父親《ちちおや》が昌美《まさみ》のほうを見《み》た。

「むかし、何《なに》かの本《ほん》で、似《に》たような話《はなし》を読《よ》んだことがあったなあ」

「ほんと？」

「ああ。あれはええっと……、そう、**『ドッペルゲンガー』っていう現象《げんしょう》だ**」

父親《ちちおや》はビールを一口《ひとくち》飲《の》むと、「まあ、都市伝説《としでんせつ》だけどね」と前置《まえお》きし、その話《はなし》を始《はじ》めた。

「なんでも、その現象《げんしょう》が発生《はっせい》すると、もうひとりの自分《じぶん》がいろいろなところに現《あらわ》れるらしい。その本《ほん》には、偉人《いじん》のドッペルゲンガーの話《はなし》が載《の》ってたよ」

「どんな話《はなし》だったの？」

「ゲーテって作家《さっか》は知《し》ってるかい？」

「うん。名前《なまえ》ぐらいは」

「そのゲーテが若《わか》い頃《ころ》、自分《じぶん》そっくりな人《ひと》を見《み》たんだ」

父親《ちちおや》の話《はなし》によると、ゲーテがとある町《まち》へむかって歩《ある》いていると、町《まち》のほうから馬《うま》に乗《の》ったもうひとりの自分《じぶん》がやってきたのだという。

その頃《ころ》、ゲーテは金《かね》がなく、みすぼらしい服装《ふくそう》をしていた。

一方《いっぽう》、馬《うま》に乗《の》っているゲーテは高《たか》そうな服《ふく》を着《き》ていたのだという。

「この話《はなし》には続《つづ》きがあってね、数年後《すうねんご》、ゲーテは作家《さっか》として成功《せいこう》して金持《かねも》ちになったんだ。そしてある日《ひ》、馬《うま》に乗《の》って町《まち》の外《そと》へ出《で》かけた。すると、自分《じぶん》そっくりな人物《じんぶつ》が町《まち》のほうへと歩《ある》いてくるのが見《み》えたんだ」

「それってもしかして」

「ああ。その人物《じんぶつ》の服装《ふくそう》は、数年前《すうねんまえ》にゲーテが着《き》ていたみすぼらしいものだった。そしてゲーテは、今自分《いまじぶん》が着《き》ている服《ふく》が、あの時見《ときみ》たもうひとりの自分《じぶん》の服装《ふくそう》と同《おな》じだということに気《き》づいたんだ」

「なんだか気味《きみ》の悪《わる》い話《はなし》ね」

母親《ははおや》も夕食《ゆうしょく》を食《た》べる手《て》を止《と》め、父親《ちちおや》の話《はなし》に聞《き》き入《い》っていた。

「もちろん、それがほんとの話《はなし》かどうかは分《わ》からないよ。だけど、偉人《いじん》の話《はなし》はゲーテだけじゃないんだ」

「他《ほか》にもいるの？」

「内容《ないよう》はよく覚《おぼ》えてないけど、リンカーンとか芥川龍之介《あくたがわりゅうのすけ》も、もうひとりの自分《じぶん》を見《み》たって読《よ》んだことがあるよ」

「見《み》てる人《ひと》、いっぱいいるんだ……」

昌美《まさみ》はゴクリとつばを飲《の》みこんだ。


夕食後《ゆうしょくご》。

昌美《まさみ》は自分《じぶん》の部屋《へや》に戻《もど》ると、先《さき》ほど父親《ちちおや》が言《い》っていたリンカーンと芥川龍之介《あくたがわりゅうのすけ》のドッペルゲンガーの話《はなし》を、スマホで調《しら》べることにした。

「あった。これだ……」

ページはすぐに見《み》つかった。

ゲーテの話《はなし》も載《の》っている。

昌美《まさみ》はベッドに座《すわ》ると、スマホの画面《がめん》を見《み》た。

リンカーンは、アメリカの大統領《だいとうりょう》だ。

ある日《ひ》、リンカーンはソファに座《すわ》って休《やす》んでいるとき、なにげなく鏡《かがみ》を見《み》たという。

すると、鏡《かがみ》の中《なか》に、自分《じぶん》の横《よこ》に、もうひとりの自分《じぶん》が映《うつ》っているのが見《み》えた。

もうひとりの自分《じぶん》は、まるで死《し》んだような青白《あおじろ》い顔《かお》をしていたらしい。

リンカーンはその顔《かお》を見《み》て、不吉《ふきつ》な予感《よかん》がしたという。

その後《ご》、リンカーンは、暗殺者《あんさつしゃ》によって殺害《さつがい》されてしまった。


芥川龍之介《あくたがわりゅうのすけ》は有名《ゆうめい》な小説家《しょうせつか》である。

彼《かれ》は2度《ど》、もうひとりの自分《じぶん》を見《み》たという。

その体験《たいけん》をもとに、もうひとりの自分《じぶん》が人《ひと》を殺《ころ》す夢《ゆめ》を見《み》る男《おとこ》の小説《しょうせつ》を書《か》いたと言《い》われている。

芥川龍之介《あくたがわりゅうのすけ》はその小説《しょうせつ》を書《か》いたあと、自殺《じさつ》してしまった。


昌美《まさみ》は偉人《いじん》たちの話《はなし》を読《よ》むうちに、だんだん怖《こわ》くなった。

やがて、ドッペルゲンガーの内容《ないよう》がくわしく書《か》かれた文章《ぶんしょう》を見《み》つけた。

「これって……」

そこには、ある注意《ちゅうい》が書《か》かれていた。

『もしも、知《し》り合《あ》いからもうひとりの自分《じぶん》を見《み》たと聞《き》いても、決《けっ》して探《さが》してはいけません。もうひとりの自分《じぶん》を、その本人《ほんにん》が見《み》てしまったら、その人《ひと》は死《し》んでしまいます』


「そんな……」

昌美《まさみ》はほかのサイトも見《み》てみる。

どのサイトを見《み》ても、「本人《ほんにん》が見《み》たら死《し》ぬ」と書《か》かれていた。

(私《わたし》、公園《こうえん》にいる自分《じぶん》を探《さが》そうとしてた。もしあのとき、会《あ》っていたら……)

トントン

突然《とつぜん》、部屋《へや》のドアがノックされた。

だれ……?

昌美《まさみ》は声《こえ》を出《だ》そうとしたが、怖《こわ》くてうまく声《こえ》が出《で》ない。

トントン　トントン
(もしかして、もうひとりの私《わたし》なんじゃ……)

昌美《まさみ》がそう思《おも》った瞬間《しゅんかん》、ドアが勢《いきお》いよく開《ひら》いた。

「きゃ!」

「ちょっとどうしたの?」

開《あ》けたのは、母親《ははおや》である。

「なんだ、びっくりさせないでよ〜」

昌美《まさみ》はホッとして力《ちから》が抜《ぬ》ける。

「さっきから、お風呂《ふろ》に入《はい》りなさいって言《い》ってるのに全然返事《ぜんぜんへんじ》がないから。てっきり寝《ね》てるのかと思《おも》ったわ」

「ごめん、スマホ見《み》てて気《き》づかなかったの。あ、あの、お母《かあ》さんは、本物《ほんもの》のお母《かあ》さんだよね？」

「もう、またその話《はなし》？　お母《かあ》さんはドッペルゲンガーなんて信《しん》じませんからね」

「う、うん、そうだよね」

できれば、信《しん》じたくない。

昌美《まさみ》は「お風呂《ふろ》、すぐ入《はい》るね」と母親《ははおや》に伝《つた》えた。

母親《ははおや》が部屋《へや》を出《で》て行《い》くと、昌美《まさみ》は大《おお》きく息《いき》を吐《は》いた。

(怖《こわ》いけど、もうひとりの自分《じぶん》にさえ会《あ》わなければ大丈夫《だいじょうぶ》なんだよね)

直接会《ちょくせつあ》わなければ、死《し》ぬことはない。

昌美《まさみ》は、誰《だれ》かが見《み》たと言《い》っても、探《さが》すのはもうやめようと思《おも》った。

トントン

また、部屋《へや》のドアを叩《たた》く音《おと》が聞《き》こえた。

「お母《かあ》さん、何《なに》？」

昌美《まさみ》はドアのほうを見《み》た。

トントン。

「お風呂《ふろ》、すぐ入《はい》るってば」

トントン　トントン　トントン　トントン。

「だから〜！」

昌美《まさみ》はベッドから立《た》ち上《あ》がると、呆《あき》れた様子《ようす》でドアを開《あ》けた。


深夜《しんや》。

昌美《まさみ》は、何《なに》かの物音《ものおと》に目《め》を覚《さ》ました。

コツン……コツン……

部屋《へや》の窓《まど》に何《なに》かが当《あ》たっているようだ。

庭《にわ》に、フシギが立《た》っていた。

「あなたは、誰《だれ》？」

昌美《まさみ》は窓《まど》を開《あ》けて、たずねる。

「僕《ぼく》のことはどうでもいい。家《いえ》の中《なか》に入《い》れてくれ。このままでは大変《たいへん》なことになる」

「大変《たいへん》なこと？」


「ドッペルゲンガーが、キミやキミの家族《かぞく》と入《い》れ替《か》わろうとしている」


「えっ？」

「時間《じかん》がない。あいつらは今夜《こんや》、すべてを終《お》わらせるつもりだ」


フシギは昌美《まさみ》に玄関《げんかん》のドアを開《あ》けてもらい、家《いえ》の中《なか》に入《はい》った。

「あまり大《おお》きな声《こえ》出《だ》さないでね。お母《かあ》さん、ドッペルゲンガーのこと信《しん》じてないから」

「分《わ》かった」

「強《つよ》い反応《はんのう》がありまス。この家《いえ》のどこかに、呪《のろ》いのマークがあるはずでス」

パーカーのポケットの中《なか》からＭ《モ》Ｏ《モ》が言《い》う。

「くわしい場所《ばしょ》は分《わ》かるかい？」

「残念《ざんねん》ながら、細《こま》かいところまでは分《わ》かりませン。ワタシの探索機能《たんさくきのう》の精度《せいど》では、目的地周辺《もくてきちしゅうへん》までしか、分《わ》かりませんかラ」

「キミは、役《やく》に立《た》ちそうで立《た》たないんだな」

「意外《いがい》とズバッと言《い》いますネ。もしワタシに感情《かんじょう》があれば、かなり傷《きず》ついていますヨ」

「そんなことは僕《ぼく》には関係《かんけい》ない」

フシギはため息《いき》を吐《つ》くと、家《いえ》のどこかに刻《きざ》まれている呪《のろ》いのマークを探《さが》し始《はじ》めた。

しかし、家中探《いえじゅうさが》しても、どこにもマークはない。

フシギたちは玄関《げんかん》に戻《もど》ってきた。

「この家《いえ》のどこかにあるはずなのに……」

フシギも気配《けはい》は感《かん》じる。

だが、それがどこなのかまでは分《わ》からなかった。

「あの」

そんなフシギに昌美《まさみ》が口《くち》を開《ひら》いた。

「その呪《のろ》いのマークって、どんな形《かたち》をしてるの？」

「何《なに》か知《し》っているのかい？」

「うん、手帳《てちょう》を見《み》せて」

「手帳《てちょう》を……？」

フシギは赤《あか》い手帳《てちょう》を取《と》り出《だ》すと、ページを開《ひら》き、昌美《まさみ》に見《み》せた。


「呪《じゅ》」


「手帳《てちょう》にはマークが反転《はんてん》して写《うつ》し取《と》られている。つまり、これを反転《はんてん》したものが、この家《いえ》のどこかにあるはずなんだ」

「回収《かいしゅう》されると、どうなるの？」

「どういう意味《いみ》だい？」

「だって呪《のろ》いのマークによって都市伝説《としでんせつ》の怪物《かいぶつ》が生《う》み出《だ》されるんでしょ？　マークを回収《かいしゅう》したら

都市伝説《としでんせつ》の怪物《かいぶつ》はどうなっちゃうの？」

「手帳《てちょう》に回収《かいしゅう》されればもちろん、怪物《かいぶつ》は消滅《しょうめつ》しまス。呪《のろ》いによって怪物《かいぶつ》にされていた人間《にんげん》の場合《ばあい》は、元《もと》に戻《もど》ることもありますガ」

ＭＯＭＯ《モモ》が説明《せつめい》すると、「そうなんだ……」と昌美《まさみ》がつぶやいた。

「私《わたし》、そのマーク見《み》たことあるかも」

「どこにあったんだ？」

「それは……」

昌美《まさみ》は、階段《かいだん》のほうに目《め》を向《む》けると、２階《かい》を見《み》つめた。


昌美《まさみ》はフシギを自分《じぶん》の部屋《へや》へと連《つ》れてきた。

「ここにマークがあるのかい？」

「さっき、この部屋《へや》を見《み》たとき、アナタは何《なに》も言《い》わなかったですよネ？」

「呪《のろ》いのマークっていうのがよく分《わ》からなかったから。あそこの中《なか》で見《み》つけたの」

昌美《まさみ》はクローゼットを指差《ゆびさ》す。

「なるほど。見《み》えない場所《ばしょ》に隠《かく》されていたのですネ」

MOMO《モモ》が言《い》うと、フシギはクローゼットのそばに近《ちか》づいた。
そして、扉《とびら》を開《あ》けた。

「んんん！」

中《なか》に、昌美《まさみ》がいた。
昌美《まさみ》だけではない。父親《ちちおや》と母親《ははおや》もいる。
3人《にん》は口《くち》をタオルで塞《ふさ》がれ、ロープで手足《てあし》を縛《しば》られていた。
瞬間《しゅんかん》、フシギの背後《はいご》で何《なに》かが光《ひか》った。
それはハサミだ。
ハサミはそのままフシギに向《む》かって勢《いきお》い良《よ》く振《ふ》りおろされた。

「キミがあやしいことは分《わ》かっていた――」


フシギは素早《すばや》い動《うご》きで、ハサミをよける。

ハサミが床《ゆか》に突《つ》き刺《さ》さる。

ハサミを持《も》っていたのは、今《いま》までフシギと一緒《いっしょ》にいた、昌美《まさみ》である。

「お前《まえ》は、ドッペルゲンガーだな」

「ドウシテワカッタ……？」

「お前《まえ》はさっき『手帳《てちょう》を見《み》せて』と言《い》った。僕《ぼく》はお前《まえ》に1度《ど》も手帳《てちょう》の話《はなし》などしていない」

「たしかにそうですネ。呪《のろ》いのマークによって都市伝説《としでんせつ》の怪物《かいぶつ》が生《う》み出《だ》されることを知《し》っているのも、手帳《てちょう》に回収《かいしゅう》されることを恐《おそ》れている怪物《かいぶつ》たちだけでス」

昌美《まさみ》のドッペルゲンガーは目《め》を光《ひか》らせた。

「ワタシハ、回収《かいしゅう》サレタクナイ。セッカク、入《い》レ替《か》ワッタノニ！」

部屋《へや》の入《い》り口《ぐち》に、いつの間《ま》にか父親《ちちおや》と母親《ははおや》が立《た》っていた。

彼《かれ》らも目《め》を光《ひか》らせ、その手《て》にはそれぞれゴルフクラブと包丁《ほうちょう》を持《も》っていた。

「お前《まえ》たちがどう思《おも》っていようが関係《かんけい》ない。僕《ぼく》は、すべての呪《のろ》いを回収《かいしゅう》して、ヒミツを救《すく》う」

フシギは真《ま》っ赤《か》な手帳《てちょう》を開《ひら》いた。


真夜中《まよなか》。

薄暗《うすぐら》い道路《どうろ》を、ひとりの少年《しょうねん》が歩《ある》いている。

フシギだ。

腕《うで》をおさえ、その顔《かお》や身体《からだ》にはいくつも傷《きず》が見《み》えている。

「また、傷《きず》を負《お》ってしまいましたネ」

MOMO《モモ》が言《い》うと、フシギは「別《べつ》に構《かま》わない」とつぶやいた。

「そんなにヒミツサンを、助《たす》けたいのですカ?」

フシギは立《た》ち止《ど》まった。

そして、あの日《ひ》の出来事《できごと》を思《おも》い出《だ》した。

ジミーと別《わか》れたあの日《ひ》。
フシギの前《まえ》に、目《め》と鼻《はな》と口《くち》のあるヒミツが現《あらわ》れた。
「お兄《にい》ちゃんに、とっておきの秘密《ひみつ》を教《おし》えてあげるわ」
ヒミツはそう言《い》って、クスクス笑《わら》った。
しかし次《つぎ》の瞬間《しゅんかん》、ヒミツは急《きゅう》に悲《かな》しそうな表情《ひょうじょう》になった。
ヒミツはゆっくり口《くち》を開《ひら》いた。

「お兄《にい》ちゃん、助《たす》けて――」

ヒミツの目《め》から涙《なみだ》がこぼれる。
白《しろ》い頬《ほお》がぬれていく。
ヒミツは、ずっと何《なに》かを我慢《がまん》していたようだ。

「ヒミツ……」

「全部《ぜんぶ》、青《あお》い傘《かさ》の男《おとこ》のせいなの……、私《わたし》は呪《のろ》いなんか生《う》み出《だ》したくない」

「どういうことだ？」

「このままじゃ、私《わたし》は私《わたし》じゃなくなってしまう――」

「ヒミツ！」

「お兄《にい》ちゃん、お願《ねが》い……、助《たす》けて――」

ヒミツはそう言《い》うと、スウッと消《き》えてしまった。

「あれは、ドッペルゲンガーだったんですネ？」

M《モ》OM《モ》Oの問《と》いに、フシギは小《ちい》さく、しかしはっきりとうなずいた。

「ヒミツはあの力《ちから》を使《つか》って僕《ぼく》に会《あ》いにきたんだ」

「どうして、消《き》えたのですカ？」

「青《あお》い傘《かさ》の男《おとこ》が気《き》づいて消《け》してしまったんだろう」

「ヒミツサンに、目《め》と鼻《はな》と口《くち》がありましたネ」

「本物《ほんもの》じゃないからだ。本物《ほんもの》はおそらく、顔《かお》のない状態《じょうたい》のままだ……」

「なるほど、青《あお》い傘《かさ》の男《おとこ》が、目《め》と鼻《はな》と口《くち》を奪《うば》って、ヒミツサンを、支配《しはい》しているということですネ」

「青《あお》い傘《かさ》の男《おとこ》が何《なに》をしようとしているのかは分《わ》からない。だけど――」

「**時間《じかん》は、もうあまりないのかもしれない……**」

フシギは、真《ま》っ赤《か》な手帳《てちょう》をじっと見《み》つめると、「ヒミツ――」とつぶやいた。

6つ目《め》の町《まち》

神《かみ》回《かい》避《ひ》スイッチ

時間《じかん》を戻《もど》して過去《かこ》をやり直《なお》したい——。そう思《おも》ったとき、
知《し》らない人《ひと》にボタンを渡《わた》されても受《う》け取《と》ってはいけない。
そのボタンを押《お》すと、たしかに時間《じかん》を戻《もど》してやり直《なお》せるかもしれない。
だがそれと引《ひ》き替《か》えに、大事《だいじ》なものを奪《うば》われてしまうという。

「ごめん。僕《ぼく》、帰《かえ》るね」

放課後《ほうかご》。小学《しょうがく》6年生《ねんせい》の男《おとこ》の子《こ》たちが道路《どうろ》を歩《ある》いていた。

いつものようにみんなでゲームをするために、藤原祐希《ふじわらゆうき》の家《いえ》に向《む》かっていたのだ。

しかし、岸谷光太郎《きしたにこうたろう》はひとりで先《さき》に帰《かえ》ってしまった。

「今日《きょう》もまた、光太郎《こうたろう》くん、帰《かえ》っちゃったね」

「仕方《しかた》がないよ。あれからまだ1週間《しゅうかん》しか経《た》ってないんだもん」

祐希《ゆうき》たちは、去《さ》って行《い》く光太郎《こうたろう》の後《うし》ろ姿《すがた》を見《み》てつぶやいた。

光太郎《こうたろう》は明《あか》るく元気《げんき》で、みんなのリーダー的存在《てきそんざい》だった。

放課後《ほうかご》に祐希《ゆうき》の家《いえ》でゲームをするようになったのも、光太郎《こうたろう》が言《い》い出《だ》したからだ。

しかし最近《さいきん》、光太郎《こうたろう》はいつも暗《くら》い顔《かお》ばかりして、ほとんどしゃべらなくなっていた。

原因《げんいん》は、2ヶ月《かげつ》ほど前《まえ》からかわいがっていた、のら猫《ねこ》のミーコのことである。

（僕《ぼく》のせいだ……）

光太郎《こうたろう》は道路《どうろ》を歩《ある》きながら、そう思《おも》っていた。

1週間前《しゅうかんまえ》、光太郎《こうたろう》は祐希《ゆうき》の家《いえ》でみんなとゲームをしていた。

夕方《ゆうがた》の5時《じ》。いつもならゲームをやめて、帰《かえ》る時間《じかん》だ。

光太郎《こうたろう》は帰《かえ》る途中《とちゅう》、公園《こうえん》に寄《よ》って、草《くさ》むらにいるミーコにエサをあげるのが日課《にっか》になっていた。

しかし、その日《ひ》の光太郎《こうたろう》は、5時《じ》をすぎてもまだゲームをしていた。

祐希《ゆうき》に5回連続《かいれんぞく》で負《ま》けていたので、勝《か》つまで続《つづ》けようと思《おも》ったのだ。

それがいけなかった。

勝《か》つまでゲームを続《つづ》けたせいで、帰《かえ》るのが少《すこ》しだけ遅《おそ》くなった。

そのせいで、ミーコは死《し》んでしまった。

エサがほしくなったのか、公園《こうえん》から出《で》て車道《しゃどう》を横切《よこぎ》ろうとしたとき、通《とお》りかかった車《くるま》に轢《ひ》かれてしまったのだ。

ミーコのことを知《し》っていた家族《かぞく》は、光太郎《こうたろう》のせいなどではないと言《い》ってくれた。

日《ひ》ごろからミーコの話《はなし》を聞《き》いていた祐希《ゆうき》たちも、慰《なぐさ》めてくれた。

（だけど、僕《ぼく》がミーコを死《し》なせちゃったんだ……）

ミーコはいつも公園《こうえん》で光太郎《こうたろう》が来《く》るのを待《ま》っていた。

光太郎《こうたろう》はうつむき、涙《なみだ》をこらえる。

（あのとき、ちゃんと5時《じ》に帰《かえ》っていたら……）


「その願《ねが》い、私《わたし》が叶《かな》えてあげましょうか？」


声《こえ》がした。

ハッとして顔《かお》をあげると、前方《ぜんぽう》にひとりの男《おとこ》の人《ひと》が立《た》っている。

シルクハットを被《かぶ》った髪《かみ》の長《なが》い男《おとこ》の人《ひと》。

手《て》には、雨《あめ》も降《ふ》っていないのになぜか青《あお》い傘《かさ》を持《も》っている。

「大切《たいせつ》な猫《ねこ》ちゃんを失《うしな》ったあなたの気持《きも》ち、私《わたし》にも、よく分《わ》かりますよ。ウ、ククク」

青《あお》い傘《かさ》の男《おとこ》だ。

「ど、どうしてミーコが死《し》んじゃったことを知《し》ってるの？」

「私《わたし》には、何《なん》でも分《わ》かるんです。今《いま》までのことも、これからのことも」

青《あお》い傘《かさ》の男《おとこ》は「ウ、ククク、ウ、ウ、ククク」と笑《わら》いながら、光太郎《こうたろう》の目《め》の前《まえ》までやってきた。

「猫《ねこ》ちゃんに会《あ》いたいですか？」

「う、うん」

「助《たす》けたいですか？」

「もちろん！」

「それじゃあ、私《わたし》が、力《ちから》になりますよ」

青《あお》い傘《かさ》の男《おとこ》はそう言《い》うと、シルクハットを脱《ぬ》ぎ、帽子《ぼうし》の中《なか》に手《て》を入《い》れた。

すると、中《なか》から何《なに》かが出《で》てきた。

「あなたに、これを差《さ》し上《あ》げましょう」

その手《て》にはスマホのような青《あお》い物体《ぶったい》があった。

だが、スマホと違《ちが》って画面《がめん》はない。あるのはスイッチボタンだけだ。

「これは何《なに》？」

「『神回避《かみかいひ》スイッチ』です。このスイッチを押《お》せば、危険《きけん》な目《め》に遭《あ》わなくてすむようになるのです。つまり、あなたは大好《だいす》きだった猫《ねこ》ちゃんを救《すく》うことができるんですよ」

「どういうこと？」

戸惑《とまど》う光太郎《こうたろう》をよそに、青《あお》い傘《かさ》の男《おとこ》は笑《え》みを浮《う》かべてスイッチを手渡《てわた》した。

「こんな物《もの》でミーコを救《すく》えるわけがないだろ！」

スイッチを見《み》ていた光太郎《こうたろう》は、青《あお》い傘《かさ》の男《おとこ》に文句《もんく》を言《い》った。

「あれ？」

目《め》の前《まえ》に立《た》っていたはずの青《あお》い傘《かさ》の男《おとこ》がいない。

辺《あた》りを見《み》るが、どこにも姿《すがた》はない。まるで、煙《けむり》のように消《き》えてしまった。

「どうなってるの……？」

光太郎《こうたろう》はワケが分《わ》からなくなってしまった。

「こんなオモチャでどうやってミーコを救《すく》うんだよ……」

光太郎《こうたろう》は苛立《いらだ》ち、近《ちか》くのコンビニのゴミ箱《ばこ》にそれを捨《す》てようと思《おも》った。

（だけど、もしほんとにミーコを救《すく》えるとしたら……）

捨《す》てようとした手《て》が止《と》まる。

光太郎《こうたろう》はスイッチをじっと見《み》つめた。

「これを押《お》せばいいのかな……？」

押《お》したらどうなるのかさっぱり分《わ》からないが、他《ほか》にスイッチもボタンもない。

光太郎《こうたろう》はとりあえず、スイッチを押《お》してみることにした。

ブウゥゥ～～ンンン

突然《とつぜん》、まわりの景色《けしき》がグニャリと歪《ゆが》んだ。

身体《からだ》が宙《ちゅう》に浮《う》いたような感覚《かんかく》に襲《おそ》われる。

「うわっ！」

光太郎《こうたろう》は何《なに》かをつかもうと、とっさに手《て》を伸《の》ばした。


「どうしたの？」

「えっ？」

目《め》の前《まえ》に、祐希《ゆうき》がいる。

「ゲームで負《ま》けたからって、祐希《ゆうき》の腕《うで》をつかんで邪魔《じゃま》するのは反則《はんそく》だよ～」

「そうそう」

いつも放課後《ほうかご》に遊《あそ》んでいるクラスメイトたちもいる。

「ここは……」

見回《みまわ》すと、そこは祐希《ゆうき》の部屋《へや》だった。

「どういうこと⁉」

光太郎《こうたろう》が戸惑《とまど》っていると、祐希《ゆうき》は壁《かべ》にかかっていた時計《とけい》を見《み》た。

「もうすぐ5時《じ》だね。そろそろ終《お》わろっか」

「5時《じ》？」

今日《きょう》は学校《がっこう》からまっすぐ帰《かえ》っていたから、まだ4時《じ》にもなっていないはずだ。

「それにしても、今日《きょう》、光太郎《こうたろう》ひどかったな。祐希《ゆうき》に5回連続《かいれんぞく》で負《ま》けるなんてさ」

「えええ？」

5回連続《かいれんぞく》で負《ま》けたのは……。

「ねえ、今日《きょう》って何日《なんにち》⁉」

「何日《なんにち》って、今日《きょう》は」と、祐希《ゆうき》は答《こた》える。

それは、1週間前《しゅうかんまえ》の日付《ひづけ》だった。

「まさか、時間《じかん》が戻《もど》ったの⁉」

青《あお》い傘《かさ》の男《おとこ》は、スイッチを使《つか》えばミーコを救《すく》えると言《い》っていた。

(それって、時間《じかん》を戻《もど》すってことだったの？)

あの日《ひ》、5時《じ》に帰《かえ》っていれば、ミーコは車《くるま》に轢《ひ》かれずにすんだ。

「ミーコ！」

光太郎《こうたろう》はあわてて部屋《へや》を飛《と》び出《だ》した。


「ミーコ！　ミーコ！」

光太郎《こうたろう》は道路《どうろ》を必死《ひっし》に走《はし》る。

公園《こうえん》が見《み》えてきた。

すると、1匹《ぴき》の猫《ねこ》が、公園《こうえん》の草《くさ》むらから出《で》てきた。

白黒《しろくろ》の毛《け》をした猫《ねこ》。

「ミーコだ！」

ミーコは2車線《しゃせん》の車道《しゃどう》を横切《よこぎ》ろうとしている。

しかし、前方《ぜんぽう》から、赤《あか》いスポーツカーが猛《もう》スピードで走《はし》ってきている。

「まさか！」

スポーツカーには若《わか》い男《おとこ》の人《ひと》と女《おんな》の人《ひと》が乗《の》っている。ミーコにはまったく気《き》づいていないようだ。

「危《あぶ》ない！」

光太郎《こうたろう》は車道《しゃどう》に飛《と》び出《だ》すと、ミーコのもとへ走《はし》った。

「ミーコ！　ミーコ！」

声《こえ》が聞《き》こえたのか、ミーコは立《た》ち止《ど》まって、光太郎《こうたろう》のほうに顔《かお》を向《む》ける。

「ミーコ！」

光太郎《こうたろう》はミーコのそばに駆《か》け寄《よ》ると、抱《だ》きしめ、その場《ば》から離《はな》れた。

ブッブー！

運転《うんてん》をしていた若《わか》い男《おとこ》の人《ひと》が、飛《と》び出《だ》してきた光太郎《こうたろう》にクラクションを鳴《な》らす。

スポーツカーはそのまま光太郎《こうたろう》とミーコの横《よこ》を通《とお》りすぎていった。

「た、助《たす》かった……」

ミイイ
腕《うで》の中《なか》で、ミーコがかわいい声《こえ》で鳴《な》いた。

「ミーコ！　よかった！」

光太郎《こうたろう》はミーコを強《つよ》く抱《だ》きしめ、満面《まんめん》の笑《え》みを浮《う》かべた。


キイイイ、ドオオォォン‼


突然《とつぜん》、後《うし》ろから大《おお》きな音《おと》が響《ひび》いた。

ハッとして顔《かお》を向《む》けると、先《さき》ほどのスポーツカーが、50メートルほど先《さき》にある交差点《こうさてん》で、トラックと衝突《しょうとつ》していた。

「救急車《きゅうきゅうしゃ》を呼《よ》べ！」

「血《ち》だらけになってるぞ！」

交差点《こうさてん》のまわりにいた人《ひと》たちが叫《さけ》ぶ。

「そんな……」

光太郎《こうたろう》はミーコを抱《だ》きながら、交差点《こうさてん》をじっと見《み》つめていた。


「では、次《つぎ》のニュースです」

夜《よる》。光太郎《こうたろう》は家《いえ》のリビングで家族《かぞく》と夕食《ゆうしょく》を食《た》べていた。

横《よこ》には、キャットフードをおいしそうに食《た》べるミーコもいる。

家《いえ》へ連《つ》れて帰《かえ》ってきたのだ。

これまでは家《いえ》で飼《か》うことを反対《はんたい》していた母親《ははおや》だったが、ミーコを見《み》た瞬間《しゅんかん》、そのかわいさに気《き》が変《か》わったようだ。

本来《ほんらい》なら大喜《おおよろこ》びするところだが、光太郎《こうたろう》は先《さき》ほどの事故《じこ》のことばかり考《かんが》えていた。

「あら、大変《たいへん》！」

とつぜん、母親《ははおや》が大《おお》きな声《こえ》を出《だ》した。

見《み》ると、母親《ははおや》と父親《ちちおや》がテレビにくぎづけになっている。

視線《しせん》を移《うつ》すと、テレビの画面《がめん》に、見覚《みおぼ》えのある風景《ふうけい》が映《うつ》っていた。

あの交差点《こうさてん》だ。

大破《たいは》した赤《あか》いスポーツカーも映《うつ》っている。

「夕方《ゆうがた》、救急車《きゅうきゅうしゃ》とかパトカーの音《おと》が聞《き》こえたけど、この事故《じこ》だったのね」

「かわいそうに。乗《の》っていた人《ひと》は、ふたりとも亡《な》くなったみたいだな」

「えっ？」

ニュースでは、スポーツカーに乗《の》っていた男女《だんじょ》が、運《はこ》び込《こ》まれた病院《びょういん》で亡《な》くなったことが伝《つた》えられていた。


夕食後《ゆうしょくご》。

自分《じぶん》の部屋《へや》に戻《もど》った光太郎《こうたろう》は、机《つくえ》の前《まえ》に座《すわ》り、ひとり悩《なや》み続《つづ》けていた。

(僕《ぼく》のせいだ。僕《ぼく》がミーコを助《たす》けたから、代《か》わりに車《くるま》に乗《の》ってた人《ひと》たちが死《し》んじゃったんだ)

親《おや》に時間《じかん》を戻《もど》したことを話《はな》したほうがいいのだろうか。

しかし、そんなこと信《しん》じてくれるはずがない。

(どうすればいいんだ……)

光太郎《こうたろう》は頭《あたま》を抱《かか》えてしまった。

そのとき、机《つくえ》の上《うえ》に置《お》かれていたある物体《ぶったい》が目《め》に留《と》まった。

神回避《かみかいひ》スイッチである。

(そうだ、これを使《つか》えばもしかして……)

光太郎《こうたろう》は、ベッドの上《うえ》でスヤスヤと寝《ね》ているミーコのほうを見《み》た。

(これでミーコを助《たす》けることができたんだ。それなら、もう1度《ど》あの時間《じかん》に戻《もど》って、スポーツカーが事故《じこ》に遭《あ》わないように神回避《かみかいひ》することもできるかも)

光太郎《こうたろう》はそう思《おも》うと、スイッチを手《て》に取《と》った。

「よし……」

決意《けつい》すると、ゆっくりとスイッチを押《お》した。

ブウゥゥ〜〜ンンン

まわりの景色《けしき》がグニャリと歪《ゆが》む。

身体《からだ》が宙《ちゅう》に浮《う》いたような感覚《かんかく》に襲《おそ》われた。

「もうすぐ5時《じ》だね。そろそろ終《お》わろっか」

祐希《ゆうき》の声《こえ》だ。

「ん、んん」

光太郎《こうたろう》が目《め》を開《あ》けると、目《め》の前《まえ》に祐希《ゆうき》やクラスメイトたちがいる。

「ここは……、祐希《ゆうき》の部屋《へや》、だよね……？」

「光太郎《こうたろう》くん、どうしたの？」

光太郎《こうたろう》は祐希《ゆうき》に今日《きょう》の日付《ひづけ》を聞《き》く。

やはり、事故《じこ》が起《お》きた日《ひ》の夕方《ゆうがた》に戻《もど》っていた。

「やった。また戻《もど》れた」

「戻《もど》れた？」

祐希《ゆうき》たちが首《くび》をかしげる。

「今《いま》すぐ行《い》かなきゃ！」

光太郎《こうたろう》はきょとんとする祐希《ゆうき》たちをよそに、あわてて部屋《へや》を飛《と》び出《だ》した。

公園《こうえん》の前《まえ》までやってきた光太郎《こうたろう》は、車道《しゃどう》のほうを見《み》る。

「いた！」

ミーコが車道《しゃどう》を横切《よこぎ》ろうとしている。

「ミーコ！」

光太郎《こうたろう》は駆《か》け寄《よ》るとミーコを抱《だ》きしめ、道路《どうろ》を見《み》た。

前方《ぜんぽう》から、赤《あか》いスポーツカーが猛《もう》スピードで走《はし》ってくる。

若《わか》い男《おとこ》の人《ひと》と女《おんな》の人《ひと》が乗《の》っている。

（このまま放《ほう》っておいたら、あのふたりは……）

光太郎《こうたろう》はミーコを片手《かたて》で強《つよ》く抱《だ》きしめると、車道《しゃどう》に立《た》ったまま、もう片方《かたほう》の手《て》を大《おお》きく振《ふ》った。


キィイイイ！


スポーツカーが急《きゅう》ブレーキを踏《ふ》み、光太郎《こうたろう》の目《め》の前《まえ》で止《と》まる。

「おい、危《あぶ》ないぞ！　そんなところで何《なに》してるんだ！」

運転席《うんてんせき》の窓《まど》を開《あ》けて、男《おとこ》の人《ひと》が叫《さけ》んだ。

「危《あぶ》ないのはそっちなんです！　車《くるま》のスピードを緩《ゆる》めないと事故《じこ》に遭《あ》いますよ！」

「はああ？」

男《おとこ》の人《ひと》は首《くび》をかしげた。

すると、助手席《じょしゅせき》に座《すわ》っている女《おんな》の人《ひと》が「ねえ」と男《おとこ》の人《ひと》に声《こえ》をかけた。

「その子《こ》の言《い》うとおりよ。スピード出《だ》しすぎだって」

「えっ？　あ、ああ、そうだな」

女《おんな》の人《ひと》に注意《ちゅうい》され、男《おとこ》の人《ひと》は納得《なっとく》したのか、光《こう》太郎《たろう》に「危《あぶ》ないから気《き》をつけろよ」と言《い》った。

そのとき、反対車線《はんたいしゃせん》を1台《だい》のトラックが通《とお》りすぎた。

（あのトラックは……）

交差点《こうさてん》でスポーツカーと衝突《しょうとつ》したトラックであ

る。

（そうか！　ここで僕《ぼく》がこの車《くるま》を止《と》めたから、トラックはそのまま交差点《こうさてん》を曲《ま》がって、走《はし》りすぎたんだ）

光太郎《こうたろう》の顔《かお》に安堵《あんど》の笑《え》みが浮《う》かぶ。

これでもう事故《じこ》は起《お》こらない。

光太郎《こうたろう》は歩道《ほどう》へ移動《いどう》した。

スポーツカーはそんな光太郎《こうたろう》をおいて発車《はっしゃ》すると、交差点《こうさてん》のほうへとゆっくりと走《はし》っていった。

ミィイ

腕《うで》の中《なか》で、ミーコが鳴《な》く。

「大丈夫《だいじょうぶ》、事故《じこ》は起《お》こらないよ。さあ、一緒《いっしょ》に帰《かえ》ろう」

光太郎《こうたろう》はミーコのあごの下《した》をなでる。

ミーコは気持《きも》ちよさそうに目《め》を細《ほそ》めた。

ドオオォオン!!

突然《とつぜん》、交差点《こうさてん》のほうから大《おお》きな音《おと》が響《ひび》いた。

ハッとして顔《かお》を向《む》けると、先《さき》ほどのスポーツカーが、交差点《こうさてん》でほかの車《くるま》と衝突《しょうとつ》している。

どうやら、信号無視《しんごうむし》をしてきた車《くるま》とぶつかったようだ。

「救急車《きゅうきゅうしゃ》を呼《よ》べ！」

「血《ち》だらけになってるぞ！」

交差点《こうさてん》のまわりにいた人《ひと》たちが叫《さけ》ぶ。

「どうして……」

光太郎《こうたろう》は交差点《こうさてん》をただじっと見《み》つめていた。


夜《よる》。

光太郎《こうたろう》はひとり自分《じぶん》の部屋《へや》にいた。

あの事故《じこ》で、スポーツカーに乗《の》っていた男《おとこ》の人《ひと》と女《おんな》の人《ひと》、それにぶつかった車《くるま》に乗《の》っていた老《ろう》夫婦《ふうふ》の、計《けい》４人《にん》が死《し》んでしまった。

（助《たす》けたはずだったのに……）

なぜまた事故《じこ》が起《お》きてしまったのか、理解《りかい》できなかった。

あの交差点《こうさてん》は今《いま》まで事故《じこ》などほとんど起《お》きたことのない場所《ばしょ》だった。

(こうなったら、もう1度《ど》、神回避《かみかいひ》するしかない……)

光太郎《こうたろう》は彼《かれ》らを助《たす》けなければと思《おも》った。

スイッチを手《て》に取《と》ると、じっと見《み》つめる。

そして、意《い》を決《けっ》し、スイッチを押《お》した。


「止《と》まってください！」

車道《しゃどう》の真《ま》ん中《なか》で、光太郎《こうたろう》はスポーツカーに向《む》かって叫《さけ》んだ。

事故《じこ》が起《お》きた日《ひ》の夕方《ゆうがた》の5時《じ》。祐希《ゆうき》の部屋《へや》に戻《もど》ってきた光太郎《こうたろう》は、ミーコを救《すく》い、再《ふたた》びスポーツカーを止《と》めたのだ。

「おい、そんなところで何《なに》してるんだ！」

運転席《うんてんせき》の窓《まど》を開《あ》けて、男《おとこ》の人《ひと》が叫《さけ》ぶ。

「いいから、そこで止《と》まっててください！」

光太郎《こうたろう》はそばに近《ちか》づき、叫《さけ》ぶように言《い》った。

男《おとこ》の人《ひと》と女《おんな》の人《ひと》は、光太郎《こうたろう》が何《なに》を言《い》っているのか理解《りかい》できていないようだ。

しかし、その必死《ひっし》な形相《ぎょうそう》を見《み》て、無視《むし》して走《はし》り出《だ》すわけにもいかないと思《おも》ったのだろう。

ふたりは光太郎《こうたろう》の話《はなし》を聞《き》こうと耳《みみ》をかたむけた。

その横《よこ》を、トラックが通《とお》りすぎる。

光太郎《こうたろう》は交差点《こうさてん》のほうを見《み》て、老夫婦《ろうふうふ》の車《くるま》が通《とお》るのを待《ま》った。

すると、信号無視《しんごうむし》をした1台《だい》の車《くるま》が交差点《こうさてん》に入《はい》ってきた。

(あの車《くるま》だ！)

車《くるま》は他《ほか》の車《くるま》にクラクションを鳴《な》らされながらも、交差点《こうさてん》を走《はし》り去《さ》っていく。

(やった、これでもう事故《じこ》は起《お》こらないぞ！)

光太郎《こうたろう》はスポーツカーの男《おとこ》の人《ひと》たちのほうを見《み》る。

「大丈夫《だいじょうぶ》です！　もう安全《あんぜん》です！」

「はああ？」

光太郎《こうたろう》はペコリと頭《あたま》をさげると、ミーコを抱《だ》きしめたまま、歩道《ほどう》に移動《いどう》する。

男《おとこ》の人《ひと》は首《くび》をかしげながら、車《くるま》を発進《はっしん》させた。

念《ねん》のため、光太郎《こうたろう》は交差点《こうさてん》のほうへと走《はし》っていくスポーツカーを見守《みまも》ることにした。
スポーツカーは何事《なにごと》もなく、交差点《こうさてん》をまっすぐ走《はし》っていった。
「よかった～」
今度《こんど》こそ、神回避《かみかいひ》することができた。
（これでもう誰《だれ》も死《し》ななくてすむよね！）
光太郎《こうたろう》は笑顔《えがお》になって、ミーコを連《つ》れて家《いえ》へ帰《かえ》ろうとした。

「おい、あっちで事故《じこ》があったんだってよ！」

光太郎《こうたろう》の横《よこ》を、作業着姿《さぎょうぎすがた》の男《おとこ》の人《ひと》たちが通《とお》りすぎた。
彼《かれ》らは交差点《こうさてん》を右《みぎ》に曲《ま》がっていく。
（あっちって……）
老夫婦《ろうふうふ》の乗《の》った車《くるま》が走《はし》っていった方向《ほうこう》だ。
光太郎《こうたろう》はあわてて交差点《こうさてん》まで走《はし》ると、右側《みぎがわ》を見《み》た。
すると、遠《とお》くのほうで、車《くるま》が渋滞《じゅうたい》していた。

「まさか……」

光太郎《こうたろう》はその渋滞《じゅうたい》している場所《ばしょ》へと向《む》かった。


「ああ……」


老夫婦《ろうふうふ》の車《くるま》が、車道《しゃどう》の端《はし》で横転《おうてん》していた。

「ま、また事故《じこ》……」

光太郎《こうたろう》が動揺《どうよう》していると、となりにいた買《か》い物帰《ものがえ》りのおばさんたちが声《こえ》をあらげた。

「車《くるま》をよけようとして、落《お》ちたみたいよ！」

「救急車《きゅうきゅうしゃ》まだこないの⁉」

光太郎《こうたろう》はおばさんたちが見《み》ている方向《ほうこう》に視線《しせん》を移《うつ》す。

道路《どうろ》の横《よこ》に橋《はし》があった。

その橋《はし》の下《した》を流《なが》れる川《かわ》に、1台《だい》のマイクロバスが頭《あたま》から突《つ》っ込《こ》み、水没《すいぼつ》していた。

道路《どうろ》から川《かわ》までは、3メートルほどの高《たか》さがある。

どうやら、マイクロバスは老夫婦《ろうふうふ》の車《くるま》をよけようとして道《みち》を外《はず》れ、そのまま川《かわ》に落《お》ちたようだ。

「そんな、どうして……」

神回避《かみかいひ》できたはずだったのに。

「こんなの嫌《いや》だ！　神回避《かみかいひ》しなきゃ！」

光太郎《こうたろう》はポケットからスイッチを取《と》り出《だ》し、ボタンを押《お》そうとした。


「やめるんだ」


誰《だれ》かが光太郎《こうたろう》の腕《うで》をつかんだ。

赤《あか》いフードを被《かぶ》った少年《しょうねん》、フシギである。


「スイッチを押《お》してはいけない。押《お》せば、死者《ししゃ》が倍《ばい》になるぞ」


「どういうこと？」

「アナタの持《も》っている、その『神回避《かみかいひ》スイッチ』は、悲劇《ひげき》しか生《う》み出《だ》さない、呪《のろ》われたアイテムなのでス」

パーカーのポケットの中《なか》からＭ《モ》Ｏ Ｍ《モ》Ｏが言《い》う。

フシギは光太郎《こうたろう》をじっと見《み》つめた。

「今《いま》、この事故《じこ》で８人《にん》が死《し》んだ」

「８人《にん》⁉」

「最初《さいしょ》はふたり。前回《ぜんかい》は４人《にん》、つまり、倍《ばい》ずつ増《ふ》えている」

フシギがそう言《い》うと、Ｍ《モ》Ｏ Ｍ《モ》Ｏが話《はな》を続《つづ》けた。

「アナタがスイッチを押《お》して時間《じかん》を戻《もど》せば、次《つぎ》は、16人《にん》が死《し》にまス。16人《にん》の次《つぎ》は、32人《にん》。その次《つぎ》は64人《にん》。１２８、２５６、５１２、１０２４……。あっという間《ま》に、何百万人《なんびゃくまんにん》もの人々《ひとびと》が死《し》ぬことになるでしょウ」

「そんな……」

道路《どうろ》に救急車《きゅうきゅうしゃ》がやってきた。

パトカーもきている。

必死《ひっし》に車《くるま》の中《なか》の人《ひと》たちを救《すく》おうとしているが、彼《かれ》らのうち、８人《にん》は死《し》んでしまっている。

光太郎《こうたろう》にはそれが分《わ》かり、ゾッとした。

「この連鎖《れんさ》を止《と》めるには、過去《かこ》を変《か》えるのをあきらめるしかない」

「それって……」

「その猫《ねこ》は、事故《じこ》で死《し》んだことになる」

「嫌《いや》だ！」

光太郎《こうたろう》はミーコを強《つよ》く抱《だ》きしめた。

「僕《ぼく》、ミーコが大好《だいす》きなんだ！」

ミィイ
腕《うで》の中《なか》で、ミーコがかわいい声《こえ》で鳴《な》く。

フシギは光太郎《こうたろう》とミーコを見《み》つめた。

「キミが過去《かこ》を変《か》えたままでいいと思《おも》うなら、それでもいい。だけど、すでに8人《にん》も死《し》んでいるんだ」

「それは、そうだけど……」

「もう1度《ど》戻《もど》って、その8人《にん》を救《すく》おうとしたら、次《つぎ》は16人《にん》が必《かなら》ず死《し》ぬ」

光太郎《こうたろう》は事故現場《じこげんば》を見《み》る。

本来《ほんらい》なら、彼《かれ》らは事故《じこ》に遭《あ》うことはなかった人《ひと》たちだ。

「僕《ぼく》……」

光太郎《こうたろう》はミーコを見《み》つめた。
この2ヶ月間《かげつかん》、毎日《まいにち》ミーコをかわいがった。
これからもずっと一緒《いっしょ》だと思《おも》っていた。
「ミーコ……、僕《ぼく》……」
ミィィ
ミーコは、前脚《まえあし》で光太郎《こうたろう》の頬《ほお》を触《さわ》った。
やわらかくて、温《あたた》かい。
(こんなことなら、親《おや》にちゃんとお願《ねが》いして家《いえ》で飼《か》えるようにすればよかった)
公園《こうえん》に行《い》けばいつでも会《あ》えると思《おも》っていた。
だけど、もう会《あ》うことはできない。
「ごめんね。……今《いま》までありがとう」
光太郎《こうたろう》はミーコを片手《かたて》でギュッと抱《だ》きしめる。
ミーコの温《あたた》かさが全身《ぜんしん》に伝《つた》わる。
ミィィ、ミィィ

ミーコはいつもと変《か》わらず、光太郎《こうたろう》に甘《あま》えてくる。

「ミーコ、ずっと大好《だいす》きだよ」

光太郎《こうたろう》は、精一杯《せいいっぱい》笑《え》みを浮《う》かべてそう言《い》った。

「……お願《ねが》い、死《し》んでしまった人《ひと》たちを助《たす》けて――」

光太郎《こうたろう》はフシギを見《み》つめると、神回避《かみかいひ》スイッチを差《さ》し出《だ》す。

「分《わ》かった――」

フシギは真《ま》っ赤《か》な手帳《てちょう》を開《ひら》き、スイッチに向《む》けた。

セラテイロノ　セツウイロノ　シャ・エイ

フシギは呪文《じゅもん》を唱《とな》える。

「解《かい》」

次《つぎ》の瞬間《しゅんかん》、神回避《かみかいひ》スイッチから奇妙《きみょう》なマークが現《あらわ》れ、キラキラと輝《かがや》き、開《ひら》かれたページに反転《はんてん》して写《うつ》し取《と》られた。

ブウゥゥ〜〜ンンン

まわりの景色《けしき》がグニャリと歪《ゆが》む。

光太郎《こうたろう》は、身体《からだ》が宙《ちゅう》に浮《う》いたような感覚《かんかく》に襲《おそ》われた。


「もうすぐ5時《じ》だね。そろそろ終《お》わろっか」


声《こえ》がした。

「ここは……」

目《め》の前《まえ》に、祐希《ゆうき》やクラスメイトたちがいる。

祐希《ゆうき》の部屋《へや》だ。みんなでゲームをしている。

「僕《ぼく》……」

光太郎《こうたろう》はミーコを思《おも》った。

一瞬《いっしゅん》、立《た》ち上《あ》がりそうになったが、グッと我慢《がまん》した。

「僕《ぼく》……、僕《ぼく》……」

涙《なみだ》がこぼれ落《お》ちる。

「どうしたの、光太郎《こうたろう》くん？」

「もしかして、5回連続《かいれんぞく》で負《ま》けたから泣《な》いてるの？」

「そうじゃない……。僕《ぼく》……」

光太郎《こうたろう》は、ミーコを思《おも》い、声《こえ》をあげて泣《な》いた。


ひとりの少年《しょうねん》が、涙《なみだ》を流《なが》している。

白《しろ》いフードを被《かぶ》った少年《しょうねん》――、相川雷太《あいかわらいた》だ。

雷太《らいた》は公園《こうえん》のベンチに座《すわ》り、手《て》に持《も》った何《なに》かを見《み》つめていた。

「どうしたんですか？」
ふと、緑色《みどりいろ》のカチューシャをしている女《おんな》の子《こ》が声《こえ》をかけた。
沙知子《さちこ》である。
ふたりは、『神回避《かみかいひ》スイッチ』のあった町《まち》へやってきていた。
先日《せんじつ》、沙知子《さちこ》と妹《いもうと》の沙彩《さあや》は、『歌《うた》う案山子《かかし》』に襲《おそ》われたところを雷太《らいた》に助《たす》けられた。
沙知子《さちこ》は助《たす》けられた後《あと》、雷太《らいた》の力《ちから》になりたいと思《おも》った。
雷太《らいた》は、くねくねを探《さが》して町《まち》から町《まち》へと旅《たび》をしている。
霊感《れいかん》と霊力《れいりょく》があり、お札《ふだ》も持《も》っているが、どこか頼《たよ》りない。
放《ほう》っておいたら、怪物《かいぶつ》に襲《おそ》われてしまうかもしれない。
沙知子《さちこ》は心配《しんぱい》に思《おも》い、休《やす》みになるたびに、雷太《らいた》に会《あ》うことにしたのだ。
しかし、この町《まち》にもくねくねはいなかった。
光太郎《こうたろう》という少年《しょうねん》に会《あ》ったが、フシギもすでにこの町《まち》を去《さ》ったようだ。
沙知子《さちこ》はガッカリしながらも、雷太《らいた》が危険《きけん》な目《め》に遭《あ》わず、ホッとしていた。
そんな雷太《らいた》が泣《な》いていた。
沙知子《さちこ》は雷太《らいた》の手元《てもと》を見《み》る。

雷太《らいた》は1枚《まい》の写真《しゃしん》を持《も》っていた。
そこには、雷太《らいた》と女《おんな》の子《こ》が幸《しあわ》せそうな笑《え》みを浮《う》かべて写《うつ》っている。
(もしかして、彼女《かのじょ》!?)
沙知子《さちこ》は焦《あせ》るが、よく見《み》ると歳《とし》が離《はな》れている。
(年下《としした》の彼女《かのじょ》ってこと?　っていうか、ちょっと雷太《らいた》さんと似《に》てるかも……)
雷太《らいた》はそんな沙知子《さちこ》に気《き》づき、「ああ、この子《こ》はね」と言《い》った。
「僕《ぼく》の妹《いもうと》だ。名前《なまえ》は、相川捺奈《あいかわなつな》」
「そうなんですか」
(よかった、彼女《かのじょ》じゃないんだ)
沙知子《さちこ》は微笑《ほほえ》むものの、なぜ雷太《らいた》が泣《な》いていたのか気《き》になった。
すると、雷太《らいた》は沙知子《さちこ》のほうを見《み》た。

「捺奈《なつな》は、『くねくね』に襲《おそ》われて行方不明《ゆくえふめい》になってしまったんだ。行方不明《ゆくえふめい》になる前《まえ》、千野《せんの》フシギと会《あ》っていたらしい――」

それは、フシギがある町《まち》でくねくねの都市伝説《としでんせつ》を追《お》っていたときの話《はなし》だ。

フシギは捺奈《なつな》とその友達《ともだち》に会《あ》い、「くねくねに遭遇《そうぐう》してしまったら、追《お》いかけられて不幸《ふこう》な目《め》に遭《あ》う」と忠告《ちゅうこく》した。

その後《ご》、忠告《ちゅうこく》のとおり、捺奈《なつな》はくねくねに襲《おそ》われてしまった。

フシギのいなかったところでの出来事《できごと》である。

しかし、雷太《らいた》はそのことを知《し》らない。

「くねくねを探《さが》せば、妹《いもうと》を見《み》つけ出《だ》せると思《おも》っていた。だけど、くねくねは千野《せんの》フシギがすでにあの手帳《てちょう》に封印《ふういん》してしまったのかもしれない」

「そんな。じゃあどうするんですか？」

「僕《ぼく》は何《なに》があっても妹《いもうと》を見《み》つけ出《だ》す。そのためには方法《ほうほう》はひとつしかない――」

雷太《らいた》はベンチから立《た》ち上《あ》がると、険《けわ》しい表情《ひょうじょう》になった。

「次《つぎ》に会《あ》ったとき、僕《ぼく》は必《かなら》ず、千野《せんの》フシギからあの手帳《てちょう》を奪《うば》う――！」

（続《つづく》）

あとがき

『恐怖《きょうふ》コレクター巻《かん》ノ七』を読《よ》んでいただき、ありがとうございます。今回《こんかい》も、6つの町《まち》で起《お》こった6つの都市伝説《としでんせつ》を収録《しゅうろく》しています。

1つ目《め》の町《まち》　死者《ししゃ》の足《あし》

靴《くつ》にまつわる言《い》い伝《つた》えを物語《ものがたり》にしました。夜道《よみち》をひとりで歩《ある》くのって、なんだか怖《こわ》いですよね。

2つ目《め》の町《まち》　残虐《ざんぎゃく》ピエロ

一見《いっけん》、楽《たの》しそうなピエロが実《じつ》は……。こんなピエロには絶対《ぜったい》会《あ》いたくないです。

3つ目《め》の町《まち》　歌《うた》う案山子《かかし》

この回《かい》から、相川雷太《あいかわらいた》が登場《とうじょう》します。フシギとどう関《かか》わっていくのでしょう？

4つ目《め》の町《まち》　窓辺《まどべ》の彼女《かのじょ》

みなさんは名前《なまえ》の知《し》らない相手《あいて》を好《す》きになったことはありますか？　この物語《ものがたり》の主人公《しゅじんこう》がひかれたような相手《あいて》だけは、くれぐれも好《す》きにならないでくださいね。

5つ目《め》の町《まち》　ドッペルゲンガー

もし、もうひとりの自分《じぶん》が目《め》の前《まえ》に現《あらわ》れたら？　大昔《おおむかし》から存在《そんざい》する有名《ゆうめい》な都市伝説《としでんせつ》です。

6つ目《め》の町《まち》　神回避《かみかいひ》スイッチ

とても便利《べんり》なスイッチですけど、まさかあんな不幸《ふこう》なことになるなんて。青《あお》い傘《かさ》の男《おとこ》は、本当《ほんとう》に怖《こわ》いです。

この巻《かん》から、ジミーがいなくなり、フシギとMOMO《モモ》の旅《たび》が始《はじ》まります。だけど、フシギはMOMO《モモ》を信用《しんよう》していない様子《ようす》。次《つぎ》の巻《かん》では、そんなフシギとMOMO《モモ》にとんでもない事件《じけん》が発生《はっせい》します。ぜひ読《よ》んでくださいね。

二〇一七年《ねん》　十二月《がつ》

佐東《さとう》　みどり

恐《きょう》コレ通《つう》信《しん》

鶴田《つるた》　皆《みな》さん、こんにちは。まず、高校《こうこう》2年生《ねんせい》のMさんのお手紙《てがみ》を要約《ようやく》して紹介《しょうかい》したいです。中学《ちゅうがく》3年《ねん》で『恐怖《きょうふ》コレクター』に出会《であ》って、今《いま》も愛読《あいどく》してくれてるそうです。

佐東《さとう》　ありがたいですね。

友達《ともだち》からは「高校生《こうこうせい》になっても角川《かどかわ》つばさ文庫《ぶんこ》を読《よ》んでるの?」と言《い》われますが、本当《ほんとう》にこの作品《さくひん》だけは読《よ》むことを止《や》められず、全巻《ぜんかん》を繰《く》り返《かえ》し読《よ》んできました。そして巻《かん》ノ六を読《よ》んだら涙《なみだ》が止《と》まりませんでした!!　本当《ほんとう》に素敵《すてき》なお話《はなし》をありがとうございます(泣《なき》)!!

佐東《さとう》　巻《かん》ノ六といえばジミーですね。

鶴田《つるた》　(涙《なみだ》)。周囲《しゅうい》の言葉《ことば》を気《き》にせずに今後《こんご》も繰《く》り返《かえ》し読《よ》んでください。

佐東《さとう》　今回《こんかい》もいい話《はなし》があります。

鶴田《つるた》　演劇部《えんげきぶ》のMさんが、こんな話《はなし》を教《おし》えてくれました。

ある演劇部《えんげきぶ》の部室《へや》に置《お》かれているひび割《わ》れた三面鏡《さんめんきょう》の前《まえ》に立《た》つと、鏡《かがみ》の中《なか》の血《ち》だらけの女《おんな》の子《こ》に引《ひ》きずり込《こ》まれてしまう。

佐東《さとう》　実《じつ》はこれ、なかなかに怖《こわ》いから全文《ぜんぶん》を載《の》せたいくらい。

鶴田《つるた》　でも、巻《かん》ノ六の「血《ち》まみれのマリちゃん」も鏡《かがみ》の話《はなし》だったから、いずれ参考《さんこう》にさせてもらいましょう。

自動販売機《じどうはんばいき》横《よこ》の分別《ぶんべつ》ゴミ箱《ばこ》。ペットボトルと空《あ》き缶《かん》を入《い》れ間違《まちが》えると、手《て》が伸《の》びてきてゴミ箱《ばこ》に入《い》れられる。

佐東《さとう》　しょっちゅう間違《まちが》えるけど……。

鶴田《つるた》　僕《ぼく》もです。すでに我々《われわれ》の魂《たましい》はゴミ箱《ばこ》の中《なか》に……。怖《こわ》いですね。

木々《きぎ》に囲《かこ》まれた校庭《こうてい》の隅《すみ》の石像《せきぞう》。その胸《むね》に耳《みみ》を当《あ》てると、ドクンドクンと心臓《しんぞう》のような音《おと》が聞《き》こ

える。

鶴田《つるた》 笑《わら》ったり動《うご》いたりじゃなくて心臓《しんぞう》が動《うご》いてるって不気味《ぶきみ》。

佐東《さとう》 でも、お手紙《てがみ》には、耳《みみ》を押《お》し当《あ》てたので自分《じぶん》の心臓音《しんぞうおん》が聞《き》こえるのだと思《おも》う、って書《か》いてありますよ。

鶴田《つるた》 よし！　次《つぎ》、行《い》ってみよう！

フシギは手帳《てちょう》をどこで手《て》に入《い》れたんですか？

佐東《さとう》 あの手帳《てちょう》は実《じつ》は……

鶴田《つるた》 おっと、それ以上《いじょう》はまだダメ（笑《わらい》）。みなさんの知《し》っている都市伝説《としでんせつ》、また送《おく》ってくださいね。

二〇一七年《ねん》　十二月《がつ》

鶴田《つるた》　法男《のりお》

必殺《ひっさつ》・おねだり

佐東《さとう》みどり先生《せんせい》・鶴田法男《つるたのりお》先生《せんせい》・よん先生《せんせい》への
お手紙《てがみ》は角川《かどかわ》つばさ文庫編集部《ぶんこへんしゅうぶ》へどうぞ！

おたよりのあて先《さき》

〒102-8177
東京都千代田区富士見《とうきょうとちよだくふじみ》2-13-3
角川《かどかわ》つばさ文庫《ぶんこ》
『恐怖《きょうふ》コレクター』係《がかり》

・お話《はなし》の感想《かんそう》や、この本《ほん》の中《なか》で印象《いんしょう》に残《のこ》った場面《ばめん》があったら、教《おし》えてね。

・キミたちのまわりにある怖《こわ》い話《はなし》があったら、教《おし》えてね。

※お送《おく》りいただいた怖《こわ》い話《はなし》は、物語《ものがたり》に使《つか》わせていただく可能性《かのうせい》があります。

イラストのあて先《さき》

〒102-8177
東京都千代田区富士見《とうきょうとちよだくふじみ》2-13-3
角川《かどかわ》つばさ文庫《ぶんこ》
『つばさちゃんファンクラブ』係《がかり》

※全部《ぜんぶ》は紹介《しょうかい》できないかもしれませんが、編集部《へんしゅうぶ》みんなで読《よ》ませていただきます。

※ホームページ、チラシ、宣伝物《せんでんぶつ》で紹介《しょうかい》させていただくことがあります。

白玉《しろたま》あんこ／写真《しゃしん》

次《じ》巻《かん》予《よ》告《こく》
赤《あか》い手《て》帳《ちょう》をねらう雷《らい》太《た》
あやしい動《うご》きをするMOMO《モモ》
助《たす》けをもとめるヒミツ
神《しん》出《しゅつ》鬼《き》没《ぼつ》の青《あお》い傘《かさ》の男《おとこ》
最《さい》大《だい》のピンチがフシギをおそう!?
巻《かん》ノ《の》八《はち》
恐怖《きょうふ》コレクター

角川つばさ文庫

佐東みどり／作
電波少年的放送局企画部「放送作家トキワ荘」出身の脚本家、小説家。アニメ『サザエさん』やドラマ『念力家族』脚本を担当。ベストセラーとなった角川つばさ文庫「恐怖コレクター」シリーズの著者でもある。

鶴田法男／作
映画監督・作家。Jホラーの原点、ビデオ映画『ほんとにあった怖い話』で監督デビューし、同名テレビドラマが夏の風物詩となる人気番組に。角川つばさ文庫『恐怖コレクター』で小説もヒット。主な映画に『リング0　バースデイ』『おろち』など。

よん／絵
新潟県生まれのイラストレーター。イラストを手がけた主な作品に『ナゾカケ』『伝説の魔女』（ポプラポケット文庫）、『ひるね姫　～知らないワタシの物語～』「恐怖コレクター」シリーズ（角川つばさ文庫）などがある。

角川《かどかわ》つばさ文庫《ぶんこ》

恐怖《きょうふ》コレクター
巻《かん》ノ《の》七《なな》　白《しろ》い少年《しょうねん》

作《さく》　佐東《さとう》みどり　鶴田法男《つるたのりお》
絵《え》　よん

2017年12月15日　初版発行
2020年12月10日　10版発行

発行者　青柳昌行
発　行　株式会社KADOKAWA
〒102-8177　東京都千代田区富士見 2-13-3
電話　0570-002-301（ナビダイヤル）
印　刷　株式会社暁印刷
製　本　株式会社ビルディング・ブックセンター
装　丁　ムシカゴグラフィクス

ISBN978-4-04-631711-7　C8293　N.D.C.913　198p　18cm

●お問い合わせ
https://www.kadokawa.co.jp/（「お問い合わせ」へお進みください）
※内容によっては、お答えできない場合があります。
※サポートは日本国内のみとさせていただきます。
※Japanese text only

読者のみなさまからのお便りをお待ちしています。下のあて先まで送ってね。
いただいたお便りは、編集部から著者へおわたしいたします。

〒102-8177　東京都千代田区富士見 2-13-3　角川つばさ文庫編集部

角川つばさ文庫発刊のことば

角川グループでは『セーラー服と機関銃』(81)、『時をかける少女』(83・06)、『ぼくらの七日間戦争』(88)、『リング』(98)、『ブレイブ・ストーリー』(06)、『バッテリー』(07)、『DIVE!!』(08)など、角川文庫と映像とのメディアミックスによって、「読書の楽しみ」を提供してきました。

角川文庫創刊60周年を期に、十代の読書体験を調べてみたところ、角川グループの発行するさまざまなジャンルの文庫が、小・中学校でたくさん読まれていることを知りました。

そこで、文庫を読む前のさらに若いみなさんに、スポーツやマンガやゲームと同じように「本を読むこと」を体験してもらいたいと「角川つばさ文庫」をつくりました。

読書は自転車と同じように、最初は少しの練習が必要です。しかし、読んでいく楽しさを知れば、どんな遠くの世界にも自分の速度で出かけることができます。それは、想像力という「つばさ」を手に入れたことにほかなりません。

「角川つばさ文庫」では、読者のみなさんといっしょに成長していける、新しい物語、新しいノンフィクション、角川グループのベストセラー、ライトノベル、ファンタジー、クラシックスなど、はば広いジャンルの物語に出会える「場」を、みなさんとつくっていきたいと考えています。

読んだ人の数だけ生まれる豊かな物語の世界。そこで体験する喜びや悲しみ、くやしさや恐ろしさは、本の世界の出来事ではありますが、みなさんの心を確実にゆさぶり、やがて知となり実となる「種」を残してくれるでしょう。

かつての角川文庫の読者がそうであったように、「角川つばさ文庫」の読者のみなさんが、その「種」から「21世紀のエンタテインメント」をつくっていってくれたなら、こんなにうれしいことはありません。

物語の世界を自分の「つばさ」で自由自在に飛び、自分で未来をきりひらいていってください。

ひらけば、どこへでも。――角川つばさ文庫の願いです。

角川つばさ文庫編集部